rororo

rororo

Robert B. Parker wurde 1932 in Springfield, Massachusetts, geboren. Er studierte an der Boston University, unterrichtete bis 1979 an der Northeastern University Literatur und lebt heute mit seiner Frau in Boston. Seit seinem Debüt sind knapp dreißig Kriminalromane erschienen, zum großen Teil mit dem legendären Schnüffler Spenser. Für den vorliegenden Roman erhielt er von der Vereinigung der amerikanischen Krimiautoren 1976 den begehrten Edgar Allan Poe Award.

Spenser entfaltet seine Talente im Dialog. Sein Erzeuger, Rober B. Parker, hat den gedrungenen Detektiv über die Jahre zu einer derart lakonischen Dialogfähigkeit getrimmt, daß man schwärmen will von dieser Minimal Art bei maximaler Freisetzung von Charme, Scherz und Schlagfertigkeit.» (*Der Tagesspiegel*)

Robert B. Parker

AUF EIGENE RECHNUNG

EIN FALL FÜR SPENSER

Deutsch von Martin Lewitt

Rowohlt Taschenbuch Verlag

rororo thriller
Herausgegeben von Bernd Jost

Veröffentlicht im Rowohlt Taschenbuch Verlag GmbH,
Reinbek bei Hamburg, August 1998

Gesamtherstellung Clausen & Bosse, Leck
Printed in Germany
ISBN 3 499 43311 7

Für Joan,
David und Daniel

1. KAPITEL

Aus der City war ich regelrecht raussaniert worden und hatte mir weiter draußen ein neues Büro suchen müssen. Zu guter Letzt war ich im Obergeschoß eines zweistöckigen, runden Erkers über einem Tabakladen gelandet. Er ragte wie ein Schiffsbug über die Ecke Mass Ave / Boylston Street. Vor mir hatte hier eine Hellseherin ihr Gewerbe ausgeübt. Deren verwitterte Goldschrift kratzte ich gerade mit einer Rasierklinge vom Fenster ab, als ich den Mann sah. Er trug einen hellgrünen Freizeitanzug und ein gelbes Hemd mit offenem Kragen, dessen Spitzen sich auf dem Rockaufschlag kringelten. Er sah auf einen Fetzen Papier in der Hand, dann auf die Hausnummer. Der Anblick meiner neuen Burg schien ihn nicht gerade in Begeisterung zu versetzen.

«Mein erster Klient im neuen Büro», sagte ich. «Oder der letzte von Madam Sodostris.»

Hinter mir bearbeitete Susan Silverman mit einem Putzmittel und Papierhandtüchern die Milchglasscheibe der Eingangstür. Susan trug abgeschnittene Jeans und ein blauweiß gestreiftes T-Shirt. Sie kam zum Fenster und sah nach unten.

«Die Gegend scheint ihm nicht besonders zu liegen», sagte sie.

«Wenn ich in einer ihm zusagenden Gegend wohnen würde, könnte er sich meine Dienste nicht leisten.»

Der Mann verschwand in der schmalen Tür neben dem Tabakgeschäft, und kurze Zeit später hörte ich seine Schritte auf der Treppe. Pause, dann klopfte es. Susan öffnete. Der Anblick, der sich ihm bot, schien den Fremden nicht zu ermutigen. Auf dem Boden standen Kartons mit dicken Aktenordnern. Die Wände rochen nach billiger Farbe. Auf den Zeitungen links von der Tür lagen und standen verkrustete Pinsel und Töpfe herum. Im Büro war es heiß, und ich trug außer meinen alten Jeans nur noch bekleckste Turnschuhe.

«Ich suche einen gewissen Spenser», sagte der Mann.

«Das bin ich», sagte ich. «Kommen Sie nur rein.» Ich legte die Rasierklinge auf das Fensterbrett und ging um den Schreibtisch, um ihn zu begrüßen. Ich brauchte einen Klienten, und zwar ziemlich dringend. Ich wette, Philo Vance hat sein Büro nie selbst gestrichen.

«Das ist Mrs. Silverman», sagte ich. «Sie hilft mir beim Umzug. Die Stadtverwaltung hat meine alte Bude abreißen lassen.» Fast schämte ich mich des Schweißes, der mir in kleinen Bächen über die Brust rann. Susan lächelte ihn an.

«Mein Name ist Shepard», sagte er. «Harvey Shepard. Ich möchte mit Ihnen reden.»

«Ich geh ein Sandwich essen», sagte Susan. «Zeit zum Lunch. Soll ich was mitbringen?»

Ich schüttelte den Kopf. «Trink 'ne Cola oder so was. Wenn Mr. Shepard und ich fertig sind, gehen wir essen. In irgendein gutes Restaurant.»

«Na, mal sehen», sagte Susan skeptisch. «Hat mich gefreut, Sie kennenzulernen, Mr. Shepard.»

Als sie weg war, fragte Shepard: «Ihre Sekretärin?»

«Nein. Nur eine Freundin.»

«So? Solche Freundinnen möchte ich auch mal haben.»

«Dürfte Ihnen doch nicht schwerfallen.»

«Das sagen Sie so. Ich bin verheiratet. Und arbeite rund um die Uhr, so ziemlich jedenfalls.»

Schweigen kam auf. Sein viereckiges Gesicht war ziemlich rot, das Haar schwarz und voll. Die Kinnpartie wirkte etwas weichlich, und seine Züge sahen leicht verschwommen aus. Trotzdem ein ansehnlicher Mann, die dunkle, irische Sorte. Er war der Typ, der nicht gerade auf den Mund gefallen ist, und daß er jetzt nichts herausbrachte, schien ihn verlegen zu machen. Ich gab ihm Starthilfe.

«Wer hat Sie zu mir geschickt, Mr. Shepard?»

«Harv», sagte er. «Nennen Sie mich Harv. Das tun alle.»

Ich nickte.

«Ich kenne einen Reporter in New Bedford, von der *Standard Times*. Der hat mir Ihren Namen besorgt.»

«Kommen Sie aus New Bedford, Harv?»

«Nein. Aus Hyannis.»

«Ach so. Was kann ich für Sie tun?» fragte ich.

«Ich möchte, daß Sie meine Frau finden.»

«Okay.»

«Sie ist mir weggelaufen, glaube ich.»

«Das kommt schon mal vor.»

«Ich will sie wiederhaben.»

«Dafür kann ich nicht garantieren. Gut, ich werde sie finden. Aber Kidnapping gehört nicht zu meinem Repertoire. Wenn sie zurückkommen soll, müssen Sie das selbst mit ihr ausmachen.»

«Sie ist einfach abgehauen. Hat mich sitzenlassen. Mich und die drei Kinder. Einfach weg.»

«Sind Sie zur Polizei gegangen?»

Er nickte.

«Und ein Verbrechen scheidet aus?»

«Ja. Sie hat einen Koffer gepackt und ist verschwunden. Ich kenne Deke Slade persönlich. Und der ist überzeugt, daß sie durchgebrannt ist.»

«Slade? Ein Cop?»

«Ja. Von der Polizei bei uns oben.»

«Okay. Einen Hunderter am Tag und Spesen. Zu den Auslagen gehören ein Motelzimmer und die Mahlzeiten. Ich kann nicht jeden Tag von Boston rüberpendeln.»

«Egal, wieviel es kostet, ich zahle. Wollen Sie einen Vorschuß?»

«Fünfhundert.»

Er zog eine Brieftasche aus der Jacke und gab mir fünf Hundertdollarscheine. Ich konnte nicht sehen, wie viele noch drinnen waren. Ich faltete sie zusammen und steckte sie in die Hosentasche. Meine lässige Miene sollte ihm suggerieren, daß die fünf Lappen dort im trauten Familienkreis ruhten.

«Morgen früh werd ich raufkommen. Sind Sie zu Hause?»

«Ja. Ich wohne in der Ocean Street Nummer achtzehn. Wann etwa werden Sie da sein? Hab ungeheuer viel Arbeit. Du lieber Gott, und gerade jetzt haut sie ab!»

«Neun Uhr. Wenn Sie Fotos von ihr haben, halten Sie die bereit. Ebenso Briefe, Telefonrechnungen und so weiter. Graben Sie alles aus. Alte Scheckhefte mit Zahlungsvermerken. Machen Sie eine Liste ihrer Freunde. Wie steht's mit anderen Männern?»

«Pam? Niemals. Für Sex hat sie nicht viel übrig.»

«Vielleicht für Liebe.»

«Die bekommt sie von mir. Soviel sie brauchen kann.»

«Wenn Sie meinen. Und die Kinder? Kann ich vor ihnen reden?»

«Klar. Wir verheimlichen uns nichts. Die wissen, daß sie abgehauen ist. Sind auch alt genug. Das jüngste ist zwölf.»

«Können Sie mir sonst noch irgendwas mitteilen?»

Er schüttelte trübe den Kopf.

«Okay, dann bis morgen früh um neun.»

Wir gaben uns die Hand.

«Werden Sie meine Frau finden, Spenser?»

«Klar.»

2. KAPITEL

Als Susan Silverman von ihrer Cola zurückkam, saß ich am Schreibtisch, die fünf Hundertdollarnoten vor mir ausgebreitet.

«Wo möchtest du lunchen?»

«Du hättest mir das Geld nicht zeigen sollen. Ich wär mit 'nem Hamburger mit Zwiebeln zufrieden gewesen. Jetzt mach ich's nicht unter Pier 4.»

«Ganz wie du wünschst. Dann also Pier 4. Muß ich mich umziehen?»

«Wisch dir wenigstens den Schweiß von der Brust.»

«Los, wir gehen zu mir, und ich mach mich fein.»

«Sobald du einen Klienten hast, platzt du ja geradezu vor Tatendrang.»

«Jawohl, Madam. Ich begebe mich postwendend zu den nächsten Fleischtöpfen.»

Ich klemmte mir den Revolver an den Gürtel und zog das Hemd darüber. Zu Fuß dauerte es zehn Minuten bis zu meiner Wohnung. Susan ging erst unter die Dusche, und während ich den Tisch bestellte, öffnete ich eine Flasche Amstel-Bier. Dann die nächste, schließlich die dritte.

Pier 4 thront am Hafen wie eine Kultstätte. Alte Ziegel,

zünftig verwitterte Balken, am Kai ein ehrwürdiger Raddampfer vom Hudson River als Cocktailbar. Ein Denkmal des unbekannten Spesenmachers. Siegessäule des Feinschmeckertums auf Geschäftskosten. Ein uniformierter Türjunge nahm sich meines Kabrioletts an, mit hochgezogener Augenbraue. Die meisten Autos auf dem Restaurantparkplatz waren jüngeren Datums, aber meine Polster trugen den Leukoplast-Rekord.

Man informierte uns, wir würden eine Weile auf unseren Tisch warten müssen. Wünschten wir einen Cocktail?

Wir wünschten. Andächtig überquerten wir den Landungssteg zum Raddampfer und setzten uns. Vor uns lag der Hafen von Boston. Susan bestellte eine Margarita, ich ein Heineken-Bier. Niemand hatte heutzutage Amstel. Nicht einmal das Pier 4.

«Wozu will dich dein Klient anheuern?»

«Soll seine Frau finden.»

«Schwierige Sache?»

«Kaum. Hört sich an, als wär sie einfach abgehauen. Dann wird sie nicht schwer zu finden sein. Die meisten laufen nicht sehr weit. In der Mehrzahl wollen sie sowieso bald gefunden werden und wieder nach Hause kommen.»

«Hört sich nicht gerade emanzipiert an.»

«Ist es auch nicht, aber so liegen die Dinge nun mal. Zum erstenmal in der Geschichte laufen mehr Frauen ihren Männern weg als umgekehrt. Die lesen zwei Nummern einer Frauenzeitschrift, sehen ein oder zwei Filme und stellen fest, daß sie so nicht mehr weiterleben können. Also hauen sie ab. Und dann geht ihnen auf, daß sie nicht auf eigenen Füßen stehen können. Zehn oder fünfzehn Jahre Hausfrauendasein haben sie nur zum Geschirrspülen und Staubwischen qualifiziert. Und sie fühlen sich einsam.»

«Aber einfach nach Hause können sie auch nicht wieder», sagte Susan. «Das hieße klein beigeben, reumütig zu Kreuze kriechen.»

«Genau. Also lungern sie rum und hoffen, daß jemand sie suchen kommt. Und wenn sie wieder daheim an der Gattenbrust liegen, ist die Lage meist noch hoffnungsloser als vorher.»

Susan nippte an ihrer Margarita. «Der Mann hat ein neues Erpressungsmittel. Das schlechte Gewissen.»

Ich nickte. «Stimmt. Und zum Teil hat er recht. Er kann sagen, du Miststück, hast uns hier einfach im Dreck sitzenlassen, mich und die Kinder. Kein Grund, die verletzte Stolze zu spielen. Du schuldest uns was, Schätzchen.»

«Bei dir hört sich das alles so routinemäßig an», sagte Susan.

«Das ist auch Routine. Hab langsam genug davon. In den Sechzigern hab ich die meiste Zeit damit verbracht, weggelaufene Kids zu suchen. Jetzt muß ich die Mamis aufstöbern. Im Grunde ist das kein großer Unterschied.»

Jenseits des Hafens hob eine riesige Boeing 747 von der Landepiste ab und orientierte sich in einem schwerfälligen Halbkreis nach Westen. Los Angeles? San Francisco?

«Suze», sagte ich. «In dem Vogel da sollten wir beide sitzen.»

«Ich hasse Fliegen.»

«Ups», machte ich. «Da bin ich wohl ins Fettnäpfchen getreten. Weshalb bist du sauer?»

«Weiß nicht.»

«Ein guter Anfang.»

«Nimm mich nicht auf den Arm, Spenser. Ich weiß es wirklich nicht genau. Klar bin ich sauer auf dich. Vielleicht hab ich selbst zu viele Frauenzeitschriften gelesen und Filme gesehen. Immerhin war ich verheiratet und bin geschieden. Womöglich weiß ich besser als du, was die Frauen auf dieser Welt durchstehen müssen.»

«Kann ja sein», beschwichtigte ich. Der Oberkellner hatte den Tisch für uns bereit, und wir folgten ihm nach drüben ins Restaurant. Er händigte uns riesige Speisekarten aus, reich verschnörkelt und mit vornehmem Flair. Der Preis des Hummers wurde diskret verschwiegen.

«Schließlich weißt du überhaupt nicht, warum sie durchgebrannt ist», sagte Susan.

«Du ja auch nicht.»

«Aber du führst sofort feministische Motive ins Feld.»

«Na schön, das war voreilig. Bitte um Vergebung.»

Ich war zu beschäftigt mit dem Menü, um über Kleinigkeiten zu streiten.

Susan grinste. «Des Mannes Weg zur Reue führt über den Magen.»

Ihr Lächeln warf mich um, wie immer. Sie lächelte in Cinemascope und Technicolor zugleich. Außerdem in Stereo. Ich fühlte, wie sich in mir etwas zusammenkrampfte.

«Wo, zum Teufel, warst du vor zwanzig Jahren?» fragte ich heiser.

«Auf dem Standesamt. Mit dem Falschen.» Sie berührte meine Hand leicht mit den Fingerspitzen. Ihr Lächeln trug jetzt einen Hauch von Ernst. «Besser spät als nie», sagte sie.

Die Kellnerin kam mit dem Salat.

3. KAPITEL

Ich raffte mich früh auf und war schon vor dem Berufsverkehr auf der Straße nach Hyannis. Die Fernstraße 3 nach Cape Cod ist heute ein Superhighway bis rauf an die Sagamore Bridge. Vor zwanzig Jahren gab es hier keinen Vielspurenverkehr, und man tuckerte die 28 entlang durch die Kleinstädte im südlichen Massachusetts. Man kam langsam voran, doch die Fahrt war immer spannend. Man sah Leute, Gärten, Hunde, hielt an kleinen Restaurants und aß Steaks, die vor den Augen der Gäste zubereitet wurden. Auf der Route 3 begegnete ich an diesem Morgen nur einem Menschen, der nicht im Wagen saß. Und der wechselte einen Reifen, auf der Standspur.

Als ich den Cape-Cod-Kanal überquerte, wurde die Fernstraße 3 zur Fernstraße 6, offizielle Bezeichnung für den Cape-Highway. An manchen Stellen konnte man zu beiden Seiten das Meer sehen, Buzzards Bay im Süden und nördlich die Cape Cod Bay.

Route 132 führte mich schließlich ins Zentrum von Hyannis. Krüppelkiefern und Meerespanorama wurden abgelöst von Hotelkästen, McDonald's, Einkaufszentren und Ferienkolonien. Hier konnte man Urlaub machen, ohne den Unterschied zum trauten Heim allzu lästig zu empfinden.

Am Flughafenkreisel bog ich nach Osten in die Hauptstraße ein. Hyannis bietet heute das Bild großstädtischer Zusammenballung. Die Main Street wird auf beiden Seiten von Geschäften und Kaufhäusern gesäumt, meist Zweigstellen mächtiger Handelskonzerne aus Boston oder New York. Das Motel, in dem ich absteigen wollte, lag am Ostende der Stadt, ein großer komfortabler Ferienschuppen mit Fitneßcenter und einem ausgezeichneten Restaurant im viktorianischen Dekor. Draußen stand in Leuchtbuchstaben DUNFEY'S. Zwei Monate zuvor hatte ich hier mit Brenda Loring angenehme Tage verbracht.

Gegen halb zehn hatte ich mein Zimmer bezogen und ausgepackt. Ich rief Shepard an. Er war zu Hause und erwartete mich. Die Ocean Street liegt fünf Minuten vom Motel entfernt, die Verlängerung der Sea Street, Häuser mit verwitterten Schindeln und blauen Fensterläden. Shepards Villa bildete keine Ausnahme: ausladender Kolonialstil, weißes Zedernholz, blaue Läden an den Fenstern. Das Haus stand auf einer Anhebung auf der Seeseite der Ocean Street. Davor war ein weißer Cadillac geparkt, Kabriolett mit heruntergelassenem Verdeck. Ein gewundener Ziegelweg, gesäumt von Immergrün, führte zur Haustür. Sie war blau. Ich drückte auf die Klingel. Drinnen machte es «ding-dong». Links vom Haus lag der Strand, rechts entzog eine hohe Hecke das Nachbaranwesen neugierigen Blicken. Ein blonder Teenager im sehr knappen grünen Bikini öffnete mir. Das Mädchen sah aus wie siebzehn. Ich hielt meinen Blick streng im Zaum. «Ich heiße Spenser. Mr. Shepard erwartet mich.»

«Kommen Sie rein», sagte das Mädchen.

Ich trat in die Halle, und sie ließ mich stehen, wohl um ihrem Vater Bescheid zu sagen. Ich schloß die Haustür hinter mir. Die Halle wirkte durchaus stilvoll. Der Boden war aus blauen Fliesen, die Wandtäfelung sah nach Zedernholz aus. Türen auf beiden Seiten und an der Rückfront, außerdem eine breite, geschwungene Treppe.

Shepards Tochter kam wieder. Ich beäugte sie vorsichtig hinter den Gläsern meiner dunklen Brille. Möglicherweise war sie noch im strafrechtlich relevanten Alter.

«Mein Vater hat gerade Besuch. Ob Sie ein paar Minuten warten könnten?»

«Klar.»

Sie verschwand und ließ mich in der Halle stehen. Ich hätte nicht gerade auf Cocktails im Salon bestanden, aber ein Stehplatz in der Halle kam mir etwas dürftig vor. Vielleicht war sie vor Trauer über das Verschwinden ihrer Mutter ganz durcheinander. Aber sie sah eigentlich nicht traurig aus, eher mürrisch. Wahrscheinlich wegen der Zumutung, Fremden die Tür öffnen zu müssen, wo sie doch gerade ihre Fußnägel lackieren wollte. Immerhin: tolle Beine. Für ein Kind jedenfalls.

In der Tür hinter der Treppe tauchte Shepard auf. In seiner Begleitung war ein hochgewachsener Schwarzer mit kahlem Schädel und vorstehenden Backenknochen. Er trug einen blauen Jeans-Anzug, darunter ein rosa Hemd mit riesigem Kragen. Es war bis zum Gürtel aufgeknöpft. Brustkorb und Bauch wirkten wie knotiges Ebenholz. Der schwarze Mann nahm eine große Sonnenbrille aus der Brusttasche. Während er sie aufsetzte, starrte er mich über den Rand an, bis die Gläser auf der Nase saßen.

Ich starrte zurück. «Hawk», sagte ich.

«Spenser.»

«Kennen Sie sich?» fragte Shepard.

Hawk nickte.

«Ja», sagte ich.

Shepard sagte zu Hawk: «Ich habe Spenser gebeten, meine Frau zu finden. Pam.»

«Er wird sie finden», sagte Hawk. «Ist ein super Finder. Er findet sogar den Arsch seiner Großmutter. Hab ich recht, Spenser?»

«Klar. Du hast auch immer zu meiner Heldensammlung gehört, Hawk. Wo bist du untergekrochen?»

«Ich? Na, wo wohl, Mann. Im feinen Holiday Inn.»

«Ein Beispiel für die offene demokratische Gesellschaft, was?»

«Kannst du glauben, Mann.» Er wandte sich an Shepard. «Also, wir bleiben in Verbindung.» Sie gaben sich die Hand, und Hawk ging. Shepard und ich sahen ihm von der Haustür nach. Sein Gang war elastisch, zeugte aber von mühsam gebändigter Explosivkraft, wie eine zum Bersten aufgezogene Stahlfeder. Neben seinem Cadillac blieb er stehen und musterte meinen 68er Chevy. Dann grinste er mich breit an. «Immer noch erster Klasse, Baby?»

Ich ließ es gut sein, und Hawk glitt in seinem Schlitten davon, unauffällig wie ein Scheich mit Harem.

«Woher kennen Sie ihn?» erkundigte sich Shepard neben mir.

«Haben im selben Stall geboxt. Vor zwanzig Jahren. Viel zusammen trainiert.»

«Ist das nicht ein Zufall? Da begegnen Sie ihm heute nach so langer Zeit wieder, ausgerechnet hier?»

«Na ja, hab ihn zwischendurch ein paarmal getroffen. Unsere Arbeit führt uns gelegentlich zusammen.»

«Wirklich?»

«Ja.»

«Wissen Sie, ich habe gespürt, daß Sie beide sich in Wirklichkeit ziemlich gut kennen. Kaufmännischer Instinkt sozusagen. Kommen Sie nur ein. Tasse Kaffee? Für 'nen Drink ist es ja wohl noch zu früh.»

Wir gingen in die Küche. «Hab nur Pulverkaffee», sagte Shepard. «Okay?»

«Klar.»

Shepard setzte Wasser in einem roten Kessel auf.

Die Küche war sehr geräumig, mit einer Trennwand zwischen dem Kochteil und der Eßecke. Letztere war mit einem großen, behauenen Holztisch ausgestattet und mit Bänken an allen vier Seiten. Die Tischplatte war sorgsam auf die Farbe alten Treibholzes getrimmt und kontrastierte sehr hübsch mit den blauen Bodenfliesen und dem glänzenden Chrom der Speiseapparaturen.

«Dann waren Sie also Boxer, was?»

Ich nickte.

«Daher die gebrochene Nase?»

«Ja.»

«Und die Narbe unter Ihrem Auge? Die auch?»

«Genau.»

«Mann, Sie sehen fit aus. Bestimmt könnten Sie heute noch ein paar Runden boxen.»

«Kommt drauf an, mit wem.»

«Waren Sie Schwergewicht?»

Ich nickte. Das Wasser kochte. Shepard tat Kaffeepulver in große Tassen. «Milch und Zucker?»

«Nein, danke.»

Er brachte den Kaffee an den Tisch und setzte sich mir gegenüber. Ich hatte zumindest auf ein Doughnut oder Muffin gehofft. Ob Hawk besser bewirtet worden war?

«Prost.» Shepard hob die Tasse.

«Harv, ich schätze, Sie haben mehr Sorgen als nur eine durchgebrannte Ehefrau.»

«Was soll das heißen?»

«Ich kenne Hawk. Weiß, womit er seinen Unterhalt verdient. Er ist ein Eintreiber, das, was die Jungs in meiner Straße einen Knochenbrecher nannten. Er arbeitet frei, auf Honorarbasis. Heutzutage bricht er die Knochen meistens im Auftrag von King Powers.»

«Moment mal. Ich hab Sie engagiert, um meine Frau zu finden. Was immer ich mit Hawk zu tun habe, geht nur mich etwas an. Nicht Sie. Ich bezahle Sie nicht, damit Sie in meinen Angelegenheiten rumschnüffeln.»

«Stimmt», sagte ich. «Aber wenn Sie sich mit Hawk einlassen, dann heißt das Schmerzen. Hawk ist ein professioneller Schläger. Schulden Sie King Powers Geld?»

«Ich weiß überhaupt nichts von Ihrem verdammten King Powers. Machen Sie sich keine Gedanken über Powers oder Hawk oder sonstjemanden. Sie sollen meine Frau suchen, kapiert?»

«Klar. Kapiert. Aber ich hab in meiner Branche viel mit Leuten wie Hawk zu tun. Ich weiß, wie das läuft. Diesmal hat er zivilisiert mit Ihnen gesprochen, fast freundlich. Hat Ihnen vorgerechnet, wieviel Sie schuldig sind, Kapital und Zinsen, und wie weit im Rückstand, und wann Sie endgültig zu zahlen haben.»

«Woher, zum Teufel, wollen Sie wissen, worüber ich mit ihm geredet habe?»

«Und am Schluß sagte er Ihnen mit einem freundlichen Lächeln, was passiert, wenn Sie nicht zahlen. Dann kam ich, und er hat sich ebenso freundlich verabschiedet.»

«Spenser, wollen Sie jetzt über diesen Quatsch reden, oder kommen wir endlich zur Sache?»

«Harv, Hawk meint, was er sagt. Er ist ein übler Bursche, äußerst gefährlich. Aber er hält sein Wort. Wenn Sie Geld schulden, zahlen Sie. Wenn Sie die Summe nicht haben, sagen Sie mir's jetzt, und wir suchen eine Lösung. Aber machen Sie mir nichts vor. Und vor allem sich selbst nicht. Wenn Sie mit Hawk zu tun haben, haben Sie sich mehr aufgeladen, als Sie schleppen können. Und zwar eine ganze Menge mehr.»

«Da gibt es nichts zu bereden. Und damit Schluß.»

4. KAPITEL

In meinem Job lebt man nicht zuletzt von Eingebungen. Und eben jetzt kam mir die außerordentliche Eingebung, daß Shepard wenig geneigt war, über seine Beziehungen zu Hawk zu reden oder zu King Powers oder über sonstwas in dieser Richtung. Worüber er reden wollte, war einzig und allein seine Frau.

Also tat ich ihm den Gefallen. «Ihre Frau heißt Pam, stimmt's?»

«Ja.»

«Mädchenname?»

«Was spielt das für eine Rolle?»

«Vielleicht benutzt sie ihn jetzt wieder.»

«Neal. Pam Neal.» Er buchstabierte.

«Leben noch Angehörige?»

«Nein.»

«Keine Brüder oder Schwestern?»

«Sie ist ein Einzelkind.»

«Wo wuchs sie auf?»

«In Belfast, Maine. An der Küste, in der Nähe von Searsport.»

«Kenne ich. Hat sie dort Freunde, die sie vielleicht besucht?»

«Nein. Sie ist da nach dem College weggezogen. Dann starben ihre Eltern. Ich wette, daß sie die letzten fünfzehn Jahre nicht dort war.»

«Welches College hat sie besucht?»

«Colby.»

«In Waterville?»

«Ja.»

«Wann machte sie Examen?»

«Neunzehnvierundfünfzig, wir beide. Studentenliebe.»

«Was ist mit Studienfreunden?»

«Keine Ahnung. Wir treffen uns noch oft mit Freunden aus dem College. Glauben Sie etwa, daß sie dort irgendwo zu Besuch ist?»

«Na ja, wenn sie abgehauen ist, muß sie schließlich irgendwo sein. Hat sie jemals gearbeitet?»

Er schüttelte den Kopf. «Nie. Wir heirateten gleich nach dem Examen. Ich habe für sie gesorgt, seitdem ihr Vater die Zahlungen einstellte.»

«Ist sie jemals allein verreist, getrennte Ferien oder so was?»

«Nein. Nie im Leben. Pam findet sich nicht mal in einer Telefonzelle zurecht. Sie hat Angst vor Reisen. Sie ist immer nur mit mir weggefahren.»

«Also, wenn Sie an ihrer Stelle wären, keine Arbeitserfahrung, Angst vor Reisen, keine Familie außer der hier, und weglaufen würden, wohin würden Sie gehen?»

Er zuckte die Schultern.

«Hat sie Geld dabei?»

«Jedenfalls nicht viel. Am Montag habe ich ihr das Haushaltsgeld für die Woche gegeben. Donnerstag verschwand sie. Da hatte sie das Essen schon eingekauft. Mehr als zwanzig Dollar kann sie kaum gehabt haben.»

«Also brauchte sie Hilfe von irgend jemandem. Mit zwanzig Dollar kommt man nicht weit. Zu welchen Freunden hätte sie gehen können?»

«Schwer zu sagen. Die meisten sind auch meine Freunde. Verstehen Sie, ich kenne den Mann, sie die Frau. Glaube kaum, daß sie da irgendwo unterkriechen könnte. Der Mann würde mir's stecken.»

«Junggesellen?»

«Ich glaube, ich kenne überhaupt niemanden, der nicht verheiratet ist. Mann oder Frau.»

«Und Ihre Frau?»

«Nicht daß ich wüßte. Aber ich habe nicht jeden ihrer Schritte überwacht. Natürlich hatte sie einige Freundinnen vom College, die meines Wissens nie heirateten.»

«Können Sie mir deren Namen, letzte bekannte Anschriften geben und so weiter?»

«Himmel, ich weiß nicht. Werd's versuchen, aber Sie müssen mir etwas Zeit lassen. Ich weiß im Grunde nicht genau, was sie tagsüber machte. Vielleicht hat sie sich mit einigen geschrieben. Keine Ahnung.»

«Leben einige von ihnen hier in der Gegend?»

«Weiß ich wirklich nicht, Spenser. Womöglich sollten wir Millie fragen.»

«Ihre Tochter?»

«Ja. Sie ist sechzehn. Alt genug, um solche Sachen aufzuschnappen. Soll ich sie rufen?»

«Gut. Und beschaffen Sie die alten Telefonrechnungen, Briefe, alles, was uns einen Hinweis geben könnte. Und dann brauche ich natürlich ein Foto.»

«Gut, okay. Ich werd erst Millie holen, und dann seh ich nach.» Nach meinen Anweisungen hätte er die Sachen schon längst raussuchen sollen. Offenbar fehlen mir die Führungsqualitäten.

Millie schien nicht gerade begeistert, sich mit mir unterhalten zu dürfen. Sie setzte sich und drehte pausenlos an der Kaffeetasse ihres Vaters. Shepard machte sich davon. Millie schwieg.

«Haben Sie eine Ahnung, wo Ihre Mutter stecken könnte, Millie?»

Sie schüttelte den Kopf.

«Heißt das, Sie wissen's nicht, oder daß Sie's nicht sagen wollen?»

Sie zuckte die Schultern und beschäftigte sich weiter mit der Kaffeetasse. Wenn ich meinen Charme einsetze, schmelzen sie immer dahin wie Butter.

«Warum, glauben Sie, ist Ihre Mutter weggegangen?»

«Keine Ahnung.» Sie sah kurz auf.

«Wenn Sie an ihrer Stelle wären», fuhr ich fort, «würden Sie dann auch abhauen?»

«Ich würde meine Kinder nicht im Stich lassen.» Die Betonung lag auf «meine».

«Und Ihren Mann? Würden Sie den im Stich lassen?»

«Den schon.» Sie deutete mit dem Kopf auf die Tür, durch die ihr Vater den Raum verlassen hatte.

«Warum?»

«Der is'n Affe.»

«Weshalb?»

Sie zuckte die Schultern.

«Arbeitet er zuviel? Ist er zu selten bei seiner Familie?»

Wieder Schulterzucken.

Ich versuchte es auf anderem Weg. «Wer ist der beste Freund oder die beste Freundin Ihrer Mutter?»

Dieselbe Reaktion. Ich überlegte kurz, ob es angebracht wäre, sie durchs Fenster zu werfen. Aber was würden die Leute von mir denken?

«Lieben Sie Ihre Mutter?»

Sie rollte dramatisch mit den Augen. «Aber selbstverständlich.» Dann sah sie wieder auf die Kaffeetasse. Vielleicht sollte ich die Tasse aus dem Fenster schmeißen, dachte ich.

«Woher wissen Sie, daß sie nicht in Schwierigkeiten ist?»

«Keine Ahnung.»

«Am Ende wurde sie gekidnappt.»

«Keinen Schimmer.»

«Oder sie ist krank, und niemand hilft ihr.» Meine Einbildungskraft war unerschöpflich, aber wirkungslos. Vielleicht sollte ich ihr Schicksale ausmalen, die nach allgemeiner Auffassung schlimmer sind als der Tod.

«Weiß ich nicht. Mein Vater hat nur gesagt, sie wär abgehauen. Eigentlich müßte der's wissen.»

«Er weiß es aber nicht.»

«Warum findet er's dann nicht raus?»

«O heilige Einfalt», sagte ich. «Was meinen Sie, warum er mich engagiert hat?»

«Na, und warum finden Sie's dann nicht raus?» Sie ließ ausnahmsweise die Kaffeetasse in Ruhe.

«Das versuch ich ja gerade. Warum wollen Sie mir nicht helfen? Ihr Beitrag zu der Aktion besteht bis jetzt nur aus ‹ich weiß nichts› und Schulterzucken. Und Ihrem nicht weiter belegten Urteil, daß Ihr alter Herr ein Affe ist.»

«Und wenn sie nun wirklich durchgebrannt ist und gar nicht wiederkommen will?»

«Dann kommt sie eben nicht wieder. Jegliche Gewaltanwendung ist mir fremd. Ziemlich jedenfalls.»

«Ich weiß nicht, wo sie steckt.»

«Und warum lief sie Ihrer Meinung nach weg?»

«Das haben Sie schon gefragt.»

«Und Sie haben nicht geantwortet.»

«Der Alte ging ihr auf die Nerven.»

«Inwiefern?»

«So überhaupt. Hat immer nach ihr gegrapscht, verstehen Sie? Sie an den Po gefaßt. Wollte geküßt werden, wenn sie staubsaugte. Alle diese Sachen. Das hing ihr zum Hals raus.»

«Haben die beiden sich jemals darüber ausgesprochen?»

«Nicht vor mir.»

«Worüber haben sie denn vor Ihnen geredet?»

«Über Geld. Das heißt, mein Alter quatschte über Geld, meine Mutter hat nur irgendwie zugehört. Mein Alter quatschte überhaupt nur von Geld und Geschäften. Daß er eine große Nummer werden will. Der Affe.»

«Hat er Ihre Mutter schlecht behandelt?»

«Geschlagen oder so, meinen Sie?»

«Was auch immer.»

«Nee. Eigentlich im Gegenteil. Er behandelte sie wie ein verdammtes rohes Ei. Oder wie 'ne Königin. Das machte sie ja gerade so verrückt. Er hing immer an ihr. So richtig auf die plumpe Tour. Verstehen Sie, was ich meine?»

«Hatte sie Freunde, die nicht auch mit Ihrem Vater befreundet sind?»

Sie runzelte die Stirn ein wenig, schüttelte dann den Kopf. «Glaub ich nicht. Ich kenn jedenfalls keine.»

«Ging sie mit anderen Männern aus?»

«Meine Mutter?»

«Kommt schon mal vor.»

«Bei meiner Mutter nicht. Niemals.»

«Fällt Ihnen irgendwas ein, Millie, was mir bei der Suche helfen könnte?»

«Nein. Gar nichts. Glauben Sie nicht, daß ich sie nicht wiederhaben will. Ich muß die ganze Kocherei machen, auf meinen Bruder und meine Schwester aufpassen, mich um die Putze kümmern und alles das.»

«Wo sind Ihr Bruder und Ihre Schwester?»

«Im Strandklub, die Glücklichen. Ich mußte wegen Ihnen hierbleiben.»

«Wegen mir?»

«Klar. Mein Vater sagt, ich muß jetzt die Hausfrau sein und die Leute bewirten und so 'n Mist, bis meine Mutter wieder da ist. Jetzt entgehen mir die Rennen und die ganzen anderen Sachen.»

«Das Leben kann hart sein», sagte ich. Sie verzog mürrisch den Mund. Wir schwiegen eine Weile.

«Die Rennen dauern die ganze Woche», sagte sie schließlich. «Alle sind da. Die Sommer-Jungs und alle anderen.»

«Und das geht Ihnen jetzt durch die Lappen. Schweinerei.»

«Ja. Alle meine Freunde sind da. Die schönste Zeit im Sommer.»

So jung und schon so viel Sinn für die Tragik des Lebens.

Shepard kam zurück. Er trug einen Karton mit Briefen und Rechnungen. Obenauf lag ein goldgerahmtes 8 × 11-Foto. «Hier, Spenser. Das ist alles, was ich finden konnte.»

«Haben Sie es aussortiert?»

«Nein. Dafür hab ich Sie schließlich angeheuert. Ich bin Kaufmann, kein Detektiv. Jeder soll die Arbeit machen, die er am besten kann. Hab ich recht, Milli?»

Millie blieb die Antwort schuldig. Wahrscheinlich dachte sie an den Strand und die Rennen.

Dafür sagte ich: «Ein Mann muß seinen Glauben haben. Wenn irgendwas ist – Sie wissen, wo ich wohne?»

«Im Dunfey's, stimmt's? Die haben ein klasse Restaurant, The Last Hurrah. Wenn Sie da 'nen guten Tisch haben wollen, nennen Sie dem Chefkellner nur meinen Namen.»

Ich versprach ihm, das zu tun. Shepard begleitete mich nach draußen. Millie blieb sitzen.

Als ich losfuhr, überlegte ich, was für Rennen wohl unten am Strand gefahren wurden.

5. KAPITEL

Die Polizeistation war ein rechteckiger Backsteinbau. Auf dem Parkplatz an der Vorderfront parkten vier oder fünf Streifenwagen: dunkelblau mit weißem Dach und weißen Kotflügeln vorn. Auf den Seiten der Fahrzeuge stand «Barnstable Police». Hyannis gehört zum Staddistrikt Barnstable.

In der kleinen Eingangshalle saß links hinter einem niedrigen Geländer der wachhabende Beamte an seinem Schaltpult. Rechts stand eine lange Bank, auf der sich die armen Sünder ihre Hosenböden abwetzen konnten, in Erwartung des Kommenden.

«Kann ich Deke Slade sprechen?» erkundigte ich mich.

«Der Captain ist zur Zeit beschäftigt. Kann ich Ihnen helfen?»

«Nein, danke. Ich möchte mit ihm selbst reden.» Ich gab dem Beamten meine Geschäftskarte. Er sah nur flüchtig hin.

«Nehmen Sie Platz.» Er deutete auf die Bank. «Der Captain wird Sie empfangen, sobald er Zeit hat.»

Ich setzte mich und betrachtete die Bilder an der Wand. Sie zeigten Seevögel in allen Variationen.

Ich kannte die Seevögel in- und auswendig, als um zehn nach eins eine Tür aufging und ein grauhaariger Mann seinen Kopf herausstreckte. «Spenser?»

«Ja.»

Mit einer Kopfbewegung forderte er mich zum Eintreten auf. Ich folgte der Kopfbewegung und befand mich in einem quadratischen, schäbig eingerichteten Büro. Ein Fenster ging auf den Parkplatz mit den Streifenwagen hinaus.

Das Mobiliar bestand aus einem grünen Metallaktenschrank, einem grauen Metallschreibtisch und ein paar Metallstühlen. Hinter dem Schreibtisch stand ein Drehstuhl aus Metall. Die Tischplatte war sauber aufgeräumt. Ein kleines Schild trug die Aufschrift: Captain Slade.

Slade deutete auf einen grauen Metallstuhl. «Setzen Sie sich.» Er paßte zu seinem Büro. Kurzes, krauses Haar, kantiges Gesicht, gesunde Bräune. Er war eher klein, nicht über einssiebzig, untersetzt. Einer jener Typen, die zur Fettleibigkeit neigen, wenn sie die Vierzig erst einmal überschritten haben. Doch Deke Slade zeigte keine Spur von Fett.

«Womit kann ich dienen?»

«Harv Shepard hat mich engagiert. Ich soll nach seiner Frau suchen. Dachte, Sie könnten mich auf die Spur setzen.»

«Lizenz?»

Ich zog meine Brieftasche heraus und legte die Plastikhülle mit der Fotokopie meiner Lizenz als Privatdetektiv auf den Tisch. Er trug eine Uniformbluse mit kurzen Ärmeln und hatte die nackten Arme über der Brust gekreuzt. Er sah auf meine Lizenz, ohne sie anzufassen.

«Okay.»

Ich steckte sie wieder in die Brieftasche.

«Waffenschein?»

Ich nickte, holte ihn aus der Brieftasche und legte ihn dem Captain vor. Die gleiche Prozedur. «Okay.»

Ich steckte die Brieftasche ein und lehnte mich erwartungsvoll zurück.

«Soviel ich sagen kann, ist sie durchgebrannt. Freiwillig. Keinerlei Hinweise auf ein Verbrechen. Hab auch keine Anhaltspunkte, daß sie mit jemandem zusammen abhaute. Fuhr mit einem Almeida-Bus nach New Bedford. Weiter haben wir die Angelegenheit nicht verfolgt. Die Cops in New Bedford haben ihre Beschreibung, aber da gibt es wohl auch Dringenderes zu tun. Wenn Sie mich fragen: Die ist in einer Woche oder so wieder hier, ganz klein und lieb.»

«Irgendein anderer Mann?»

«Die Nacht, bevor sie verschwand, hat sie anscheinend mit einem Mann im Silver Seas Motel zugebracht. Aber als sie in den Bus stieg, war sie offenbar allein.»

«Wie heißt der Mann?»

«Wissen wir nicht.» Slade lehnte sich zurück.

«Und Sie haben sich auch nicht die Mühe gemacht, das herauszufinden?»

«Nein. Warum auch? Hier ist kein Verbrechen im Spiel. Wenn ich jedem Fall von außerehelichem Beischlaf hier in der Gegend nachgehen müßte, kämen meine Beamten zu nichts anderem mehr. Eine Frau hat die Nasc voll von ihrem Mann, geht fremd und verschwindet. Was meinen Sie wohl, wie oft das vorkommt?» Slade hatte die Arme immer noch gekreuzt.

«So?»

«Und wenn der Mann Geld hat, engagiert er jemanden wie Sie. Der macht sich dann auf Spesen ein schönes Leben hier unten in irgendeinem Motel. Und nach einer Woche kommt die Alte ohnehin zurück, weil sie nicht weiß, was sie sonst tun soll. Der Schnüffler ist schön braun gebrannt, der Ehemann kann die Unkosten von der Steuer absetzen, und die Frau fängt wieder von vorn an und schläft sich durch fremde Betten.»

«Machen Sie hier viel Eheberatung?»

«Quatsch. Ich hab damit zu tun, Leute zu fassen, die Verbrechen begangen haben. Und dafür zu sorgen, daß sie in den Knast wandern. Waren Sie mal ein Cop? Ich meine, ein richtiger, nicht so 'n Privatbulle?»

«War früher in Staatsdiensten. Arbeitete in Suffolk County im Büro des Staatsanwalts.»

«Warum haben Sie das an den Nagel gehängt?»

«Weil ich mehr tun wollte als Sie.»

«Aha, soziales Gewissen.» Es klang, als müßte er eine Kröte schlucken.

«Hatte sie feste Männerbekanntschaften?»

Er zuckte die Schultern. «Ich weiß, daß sie ab und zu fremdgegangen ist, aber was Festes war wohl nicht dabei.»

«Tat sie das schon lange oder erst in letzter Zeit?»

«Keine Ahnung.»

Ich schüttelte den Kopf.

Slade sah mich an. «Spenser, soll ich Ihnen mal unsere Einsatzprotokolle zeigen? Haben Sie überhaupt eine Vorstellung davon, was hier im Sommer alles los ist?»

«Können Sie mir nicht einen Hinweis geben, mit wem es sich lohnen würde, zu reden?»

«Gehen Sie in das Silver Seas, sprechen Sie dort mit dem Barkeeper, mit Rudy. Sagen Sie ihm, ich hätte Sie geschickt. Pam Shepard hielt sich öfter dort auf.»

Ich stand auf. «Vielen Dank.»

«Wenn Sie noch Fragen haben, kommen Sie zu mir. Verstehen Sie mich nicht falsch, aber ich hab wirklich 'ne Menge um die Ohren hier, und Pam Shepard gehört noch zu meinen geringsten Problemen. Aber ich helfe Ihnen, wenn ich kann.»

«Okay.» Wir gaben uns die Hand, und ich ging.

Um Viertel nach zwei hielt ich auf dem Parkplatz des Silver Seas Motel. Ich war hungrig und durstig. Mein Gespräch mit Rudy schien eine gute Gelegenheit, etwas für die Spesenrechnung zu tun. Wahrscheinlich hatte Slade recht, aber ich wollte Shepard wenigstens in diesem Punkt auf seine Kosten kommen lassen, bevor seine Frau wieder auftauchte.

Die Bar im Silver Seas lag rechts von der Lobby, am Ende des Speisesaals. Sie machte einen gediegenen, behaglichen Eindruck. Die Inhaber konnten sich über Mangel an Kundschaft nicht beklagen. Viele Leute saßen beim Lunch, andere tranken nur etwas. Die meisten sahen wie Studenten aus, abgeschnittene Jeans, T-Shirts, Sandalen. Die Bar war mit verwittertem Treibholz dekoriert und mit einem großen Fischernetz. An einer Wand hingen zwei gekreuzte Ruder, und über dem Spiegel hinter dem Tresen prangte eine Harpune, wahrscheinlich made in Hongkong. Der Barmann war ein Kerl mittleren Alters mit Bauch und schwarzem, schulterlangem Haar, durchsetzt von Grausträhnen. Er trug ein weißes Hemd mit schwarzer Fliege. Dic Ärmel waren säuberlich aufgerollt. Die dicken Hände wirkten manikürt.

«Bier vom Faß?» fragte ich.

«Schlitz.» Er hatte eine dunkle Haut und eine breite, platte Nase. Offenbar indianischer Abstammung.

«Geben Sie mir eins.» Er zapfte das Bier in ein großes, gerades Glas. Hervorragend. Die Rechnung ließ er durch die Registrierkasse laufen, legte sie dann vor mich auf die Barkante.

«Was haben Sie zum Lunch?»

Er schob mir wortlos eine Speisekarte neben das Bierglas. Ich machte mich ans Studium und nippte am goldenen Naß. Ich befand mich sozusagen im Kleinschlucktraining. Susan Silverman mäkelte seit kurzem an meiner Angewohnheit herum, mein Bier in einem Zug herunterzustürzen. Auf der Speisekarte stand Zunge auf Toast. Mein Herz schlug schneller. Ich bestellte zwei davon. Und ein neues Bier.

Die Jukebox plärrte, aber wenigstens leise. Rudy brachte die Zungentoasts und sah auf mein halb ausgenipptes Bierglas. Ich schluckte den Rest. Reine Höflichkeit, ich konnte den Mann schließlich nicht so lange warten lassen, und er füllte das Glas wieder.

«Sind Sie Rudy?» fragte ich.

«Ja.»

«Deke Slade sagte, ich soll mit Ihnen reden.» Ich gab ihm meine Karte. «Ich suche eine Frau namens Pam Shepard.»

«Hab gehört, daß sie abgehauen ist.»

«Haben Sie eine Ahnung, wohin?» Ich biß ein großes Stück Zunge auf Toast ab. Ausgezeichnet.

«Woher sollte ich?»

«Kam Mrs. Shepard nicht oft hierher?»

«In letzter Zeit häufiger, ja.»

«Mit jemand anders?»

«Mit jedem, sozusagen.»

«Mit einigen mehr als mit anderen?»

«Vor allem mit jungen Kerlen. Im Schummerlicht hätten Sie vielleicht eine Chance.»

«Wieso?»

«Sie sind zwar zu alt, aber Sie haben die Figur. Sie bevorzugte Muskelmänner.»

«War sie mit jemandem hier, bevor sie verschwand? Das müßte Montag voriger Woche gewesen sein.» Ich machte mich über meinen zweiten Toast her.

«Ich führe kein Buch über meine Kunden. Aber es war um den Dreh herum. Sie war mit einem gewissen Eddie Taylor hier. Einem Baggerführer.»

«Und die Nacht haben sie zusammen oben verbracht, hier im Motel?»

«Weiß ich nicht. Bin Barkeeper, kein Nachtportier.

Schätze aber, Sie haben recht, so wie die sich an ihn rangeschmissen hat.» Rudy ging zu einem anderen Gast, der einen neuen Drink wollte. Als er zurückkam, war mein Bierglas leer, und er füllte nach, ohne zu fragen. Hätte ich ihn daran hindern sollen? Drei zum Lunch waren ohnehin in Ordnung.

«Wo kann ich Eddie Taylor treffen?» fragte ich.

«Er arbeitet zur Zeit in Cotuit. Aber normalerweise hat er um vier Feierabend und ist um halb fünf hier, um die Kehle durchzuspülen.»

Ich sah auf die Uhr an der Wand. Fünf nach halb vier. Ich konnte die Zeit mit Kleinschlucktraining überbrücken. Sonst lag sowieso nichts an. «Ich werde hier warten.»

«Soll mir recht sein», meinte Rudy. «Nur eins: Eddie ist 'n etwas schwieriger Typ. Groß und stark und hält sich für besonders abgebrüht.»

«Ich bin ein Großstadtbulle, Rudy. Ich werde ihn mit Witz und brillanten Formulierungen bezaubern.»

«Ganz bestimmt. Nur sagen Sie ihm nicht, daß Sie durch mich an ihn gekommen sind. Ich möchte ihn nicht auch noch mit Witz und brillanten Formulierungen bezaubern müssen.»

6. KAPITEL

Gegen zwanzig nach vier begrüßte Rudy einen neuen Gast, einen großen blonden Jungen in Arbeitsschuhen und Jeans: «'n Abend, Eddie.» Der Mann sah aus wie ein Gewichtheber, großer Bizeps und überentwickelte Brustmuskulatur. Er stolzierte wie ein Schwergewichtsmeister herein.

Die Vorstellung wäre noch eindrucksvoller gewesen, hätte er nicht einen Zwanzig-Pfund-Speckgürtel um die Taille getragen. Er erwiderte den Gruß. «Hallo, Rudy, altes Haus.»

Ohne Aufforderung stellte der Barmann einen Kornschnaps und ein Bier vor den wandelnden Kleiderschrank. Eddie kippte den Schnaps und goß Bier nach.

«Feuerwasser gut, Rothaut», sagte er. «Dein weißer Bruder hat sich heute den Arsch wundgeschuftet.» Er sprach laut, offenbar in dem Bewußtsein, er unterhalte das ganze Lokal mit seinen Bemerkungen. Als er das Bier vollends heruntergegossen hatte, drehte er sich auf dem Barhocker um, stützte die Ellenbogen auf den Tresen und musterte die Jagdgründe. «Wie steht's mit den Weibern, Rudy?»

«Wie immer, Eddie. Hast da ja nicht gerade Schwierigkeiten.» Eddie starrte jetzt zwei College-Girls an, die an ihren Cocktails nippten. Ich stand auf, ging an der Bar entlang und setzte mich auf den Hocker neben dem Schwergewicht. «Sind Sie Eddie Taylor?»

«Wer fragt?» Er hatte die Mädchen immer noch im Visier.

«Ich.»

Jetzt drehte er sich um. «Wer, zum Teufel, sind Sie?»

Ich legte meine Karte vor ihm auf den Tresen. «Bin auf der Suche nach Pam Shepard.»

«Wo steckt sie?» fragte er.

«Wenn ich das wüßte, wäre ich nicht hier. Vielleicht können Sie mir weiterhelfen.»

«Zischen Sie ab.»

«Wie ich höre, haben Sie die Nacht mit ihr verbracht, bevor sie verschwand.»

«Wer sagt das?»

«Ich. Sie haben's doch gehört.»

«Na, und wenn? War wohl nicht der erste bei ihr. Und was interessiert Sie das?»

«Poesie», sagte ich. «Es ist reine Poesie, wenn Sie reden.»

«Ich sag doch, zischen Sie ab. Hören Sie nicht? Wenn Sie hier heil rauskommen wollen, dann zischen Sie ab, und zwar sofort.»

«War sie gut im Bett?»

«Es ging so. Was interessiert Sie das?»

«Schätze, Sie kennen sich hier aus, und ich bin neu. Ich frag ja nur.»

«Klar, ich hab hier schon mehr Frauen umgelegt. Die war nicht schlecht. Jedenfalls hatte sie für so 'ne alte Braut einen hübschen straffen Körper. Und sie war gierig, Mann. Dachte schon, ich müßte sie hier in der Bar vögeln. Fragen Sie Rudy. Hey, Rudy! Hat die alte Shepard mich hier neulich nicht fast vergewaltigt?»

«Wenn du's sagst, Eddie.» Rudy reinigte seinen Daumennagel mit der Kante eines Streichholzheftchens. «Ich kümmere mich nie darum, was meine Gäste treiben.»

«Also haben Sie die Nacht mit ihr verbracht», sagte ich.

«Klar. Mensch, wenn ich's nicht getan hätte, dann hätte sie ihre Hose hier in der Bar ausgezogen.»

«Das sagten Sie schon.»

«Na also. Sie können's glauben.»

Eddie kippte den nächsten Schnaps und trank Bier hinterher. Rudy hatte ihn unaufgefordert mit neuem Stoff beliefert.

«Kannten Sie die Frau, bevor Sie sie abschleppten?»

«Verdammt, die hat mich abgeschleppt, nicht andersrum. Ich saß ganz ruhig hier und hab mich umgesehen. Da kam sie einfach ran, setzte sich zu mir und fing an zu reden.»

«Also schön. Kannten Sie die Frau, bevor sie Sie abgeschleppt hat?»

Eddie zuckte die Schultern und schob Rudy sein Schnapsglas hin. «Hatte sie rumhängen sehen. Gekannt hab ich sie nicht. Aber sie war halt hier, und ich wußte, bei der war jederzeit was zu machen, wenn ich wollte.» Eddie kippte den Kurzen, sobald er vor ihm stand. Rudy goß nach.

«War sie schon lange auf dem Markt?»

Eddie starrte mich an. «Auf dem Markt? Ach so, verstehe. Nein, so lange auch wieder nicht.» Er rülpste und lachte über seinen Rülpser. «Nein, glaub ich nicht, daß ich sie vor Weihnachten schon gesehen hab. Aber nach Weihnachten, da hat sie einer gebumst. Einer, den ich kenne. Da ist sie mir zuerst aufgefallen.» Seine Zunge wurde zunehmend schwerer.

«Haben Sie sich in Freundschaft getrennt?»

«Was?»

«Wie war das, als sie beide an dem Morgen aufgewacht sind und sich verabschiedet haben?»

«Sie sind ein neugieriger Bastard.» Eddie drehte sich halb um und starrte wieder die beiden Mädchen an.

«Das sagen viele Leute.»

«Na, und jetzt sag ich's Ihnen.»

«Und wie formvollendet.»

Eddie wandte mir seinen starren Blick zu. «Sind Sie ein Klugscheißer?»

«Auch das sagen viele Leute.»

«Ich mag keine Klugscheißer.»

«Hab ich mir beinahe gedacht.»

«Also verduften Sie, oder ich reiß Ihnen den Arsch ab.»

«An Ihnen ist wirklich ein Dichter verlorengegangen, Eddie.»

«So? Wenn Sie Ärger wollen, sind Sie bei mir genau richtig.»

«Will ich nicht, Eddie. Ich will nur ein paar Auskünfte. In welcher Stimmung war Pam Shepard an dem Morgen, nachdem sie Sie vernascht hatte?»

Eddie stand auf und stellte sich vor mich hin. «Ich sag's zum letztenmal. Zischen Sie ab, oder ich reiß Ihnen den Kopf ab.» Rudy bewegte sich unauffällig in Richtung Telefon. Ich musterte den Freiraum zwischen Theke und Wand: gut drei Meter, mehr als genug. Zu Rudy sagte ich: «Ist okay. Niemand wird zu Schaden kommen. Ich will ihm nur was zeigen.»

Auch ich stand auf. «Passen Sie auf, Dicker, wenn Sie sich mit mir anlegen, kommen Sie ins Krankenhaus. Aber Sie wollen mir das nicht glauben, darum muß ich es wohl beweisen. Fangen Sie an, schlagen Sie mich!»

Er ließ sich nicht zweimal bitten. Eine Rechte, die meinen Kopf um mehrere Zentimeter verfehlte, als ich auswich. Seiner Linken passierte dasselbe.

«Das halten Sie nicht länger als zwei Minuten durch», sagte ich. Er schoß auf mich los, und ich machte einen Sidestep. «Und wenn ich wollte», sagte ich, «könnte ich Ihnen jetzt einen verpassen, sagen wir hier.» Mit der offenen Hand versetzte ich ihm schnell dreimal hintereinander einen Klaps an die rechte Backe. Er setzte einen Schwinger an, ich ging nach vorn, der Schlag landete an meinem Oberarm. Der nächste ebenso. «Oder hier», sagte ich und schlug ihm mehrere Doubletten rechts und links an den Schädel, ganz leicht: ratatat. Wie eine Oma ihren Lieblingsenkel tätschelt. Dann wich ich schnell zurück. Sein Atem kam schon in harten Stößen. «Sie sind nicht in Form, Kleiner. Noch eine Minute, und Sie kriegen keinen Arm mehr hoch.»

«Laß gut sein, Eddie», kam Rudys Stimme von der Theke. «Das ist ein Profi, verdammt noch mal, der macht dich fertig, wenn du ihn nicht in Ruhe läßt.»

«Ich zeig's dem Schwein», zischte Eddie und langte nach meiner Kehle. Ich wich wieder aus und schlug ihm einen linken Haken in die Magengrube. Diesmal hart. Sein Atem kam in einem stoßartigen Keuchen, und er plumpste schwer auf den Hintern. Mit kreidebleichem Gesicht rang er nach Luft. «Beispiel Nummer drei», sagte ich.

Eddie bekam mühsam etwas Luft zurück und kraxelte auf die Beine. Mit weichen Knien, ohne jemanden anzusehen, schwankte er zur Herrentoilette. Rudy sagte: «Mann, Sie haben einen guten Punch.»

«Das kommt von meinem reinen Herzen.»

«Hoffentlich kotzt der da drinnen nicht den ganzen Boden voll.»

Die Leute im Lokal, die still dagesessen hatten, nahmen ihre Gespräche eilig wieder auf. Die beiden Mädels ließen ihre Cocktails stehen und verschwanden fluchtartig. Als Eddie wieder zum Vorschein kam, triefte sein blasses Gesicht. Offenbar hatte er diesmal Zuflucht zu Leitungswasser genommen.

«Das sind die vielen Kurzen», sagte ich. «Die nehmen Ihnen die Luft und vermasseln die Reflexe.»

Er rülpste. «Ich kenne Leute, die machen Sie fertig, wenn sie wollen», sagte er, aber seine Stimme klang alles andere als furchterregend.

«Ich auch», sagte ich. «Aber Sie gehören nicht dazu. Ist ja nicht so schlimm. Von diesem Geschäft verstehe ich eben mehr als Sie.»

Eddie hatte einen Schluckauf.

«Sagen Sie mir nur, wie es an dem Morgen war, als Sie

sich verabschiedet haben.» Wir saßen wieder nebeneinander an der Bar.

«Und wenn ich nichts sage?» Eddie starrte dumpf auf die Theke zwischen seinen Armen.

«Dann eben nicht. Dachten Sie, ich würde Ihnen weiter in den Solarplexus schlagen?»

«Also, wir wachten am Morgen auf, und ich wollte noch mal. Wissen Sie, nur so, zum Abschied. Aber sie ließ mich nicht mehr ran, ich durfte sie nicht mal berühren. Nannte mich ein dreckiges Schwein. Sie würde mich umbringen, wenn ich sie nur anfaßte. Bei meinem Anblick müßte sie kotzen. Vorher hatte sich's anders angehört. Wir haben uns die Seele aus dem Leib gevögelt, und am nächsten Morgen nennt sie mich ein dreckiges Schwein. Wissen Sie, auf so was steh ich nicht. Hab ihr eins in die Fresse gehauen und bin verschwunden. Sie lag da, glotzte an die Decke und heulte wie ein Bastard.» Er schüttelte den Kopf. «Was für eine verrückte Ziege! Fünf Stunden vorher bumst sie sich die Seele aus dem Leib, und dann das.»

«Danke, Eddie. Das war eigentlich alles.» Ich legte einen Zwanzigdollarschein auf die Theke. «Ziehen Sie seine Drinks auch davon ab, Rudy. Und der Rest ist für Sie.»

Als ich ging, starrte Eddie immer noch zwischen seinen beiden muskulösen Armen auf den Tresen.

7. KAPITEL

Zum Abendessen vertilgte ich Lammeintopf und eine Flasche Burgunder. Dann ging ich in mein Zimmer und machte mich über die Rechnungen und Briefe her, die mir

Harv Shepard mitgegeben hatte. Die persönliche Post war unergiebig. Die meisten Leute werfen Briefe weg, die man als ergiebig bezeichnen könnte. Als nächstes nahm ich mir die Telefonrechnungen vor. Ich sortierte auf einer Liste zunächst die Nummern, die angerufen worden waren, dann setzte ich dazu die Anruforte in Beziehung. Ein richtiger Schnüffler, in Shorts auf einem Motelbett, den Kopf voller Namen und Telefonnummern. Auf der Rechnung vom vorangegangenen Monat tauchten drei Anrufe an dieselbe Nummer in New Bedford auf. Der Rest waren Ortsgespräche. Ich sichtete die Benzinrechnungen und Quittungen für Tanken auf Kreditkarte. Zweimal im selben Monat hatte sie in New Bedford getankt. Schließlich sortierte ich die übrigen Kreditkartenquittungen: dreimal von einem Restaurant in New Bedford ausgestellt, jedesmal über mehr als dreißig Dollar. Alle anderen Quittungen stammten vom Ort. Als ich mit den Unterlagen fertig war, ging es auf Mitternacht zu. Ich notierte mir die betreffende Telefonnummer in New Bedford sowie die Tankstelle und das Restaurant. Dann stopfte ich alles wieder in den Karton und ging ins Bett.

Morgens um fünf nach neun rief ich die Telefonauskunft von New Bedford an. Eine weibliche Stimme antwortete.

«Tag», sagte ich. «Hier Telefonauskunft Back Bay, mein Name ist Ed MacIntire. Mir fehlt die Eintragung für eine Ihrer Nummern. Könnten Sie mir den Teilnehmer nennen? Die Nummer lautet 334-3688.»

«Augenblick, Mr. MacIntire ... der Anschluß ist eingetragen auf den Namen Alexander, Vorname: Rose. Anschrift: Centre Street Nummer 3, hier in New Bedford.»

Ich bedankte mich für die prompte Amtshilfe, duschte, rasierte mich und zog mich an. Die Strecke nach New Bedford über die Route 6 war fast siebzig Kilometer lang. Da unterwegs mehrere kleine Ortschaften kamen, brauchte ich eine Stunde. Als ich schließlich über die Brücke von Fairhaven fuhr, sah ich New Bedford hinter den Hafenanlagen aufragen. Oder vielmehr was von der Stadt übriggeblieben war. Der Hang von der Brücke aufwärts sah aus wie eine alte Wochenschau-Auaufnahme vom Warschauer Ghetto. Große Teile der Innenstadt waren abgerissen worden, und die neue City nahm gerade erst Konturen an. Stadterneuerung nannte man so etwas. Die Purchase Street, früher eine der Hauptverkehrsadern, war jetzt Fußgängerzone. Ich fuhr etwa zehn Minuten durch die baggerdurchsetzte Stadtwüste, parkte schließlich auf einem Schlammplatz und konsultierte die Karte.

Centre Street lag hinter dem Walfängermuseum. Ich fuhr zum Hafen und fand in der Nähe des Museums eine Parklücke, direkt vor einem Seemannsheim. Nach einem letzten Blick auf den Plan lief ich um das Museum herum und befand mich in der Tat in der Centre Street. Sie war kurz, nicht mehr als vier oder fünf Häuser auf jeder Seite, und führte von der North Water Street zur Front Street, die parallel zum Kai verlief. Die Centre Street war alt, verkommen und tropfnaß. Das Schild mit der Hausnummer 3 hing lose an einem schmalen, zweistöckigen Gebäude mit grauen, verwitterten Wänden aus Asbestschindeln und einem abgebröckelten Ziegelschornstein auf dem Dach. Dieses Dach sah aus wie ein geflickter, uralter Hosenboden. Einen einigermaßen frischen Eindruck machte nur die Haustür rechts an der Vorderfront. Sie war rot gestrichen. Es sah aus, als hätte eine abgetakelte Hure einen zu grellen Lippenstift benutzt.

Ich hoffte wirklich nicht, Pamela Shepard hier zu finden.

Klar, ich wollte meinen Auftrag erfüllen, aber der Gedanke, daß sie von dem großen, sonnigen Haus in Hyannis in diese Bruchbude geraten war, stimmte mich traurig. Aber was jetzt? Niemand kannte mich hier, weder Rose Alexander noch Pam Shepard, noch, soviel mir bekannt war, irgend jemand in ganz New Bedford. Ich konnte einfach klopfen und nach ihr fragen. Aber das Sicherste war wohl, sich irgendwo zu postieren und die Dinge erst einmal zu beobachten. Das würde Zeit kosten, aber ich riskierte auf diese Weise nicht, daß jemand es mit der Angst bekam und abhaute. Ich sah auf die Uhr: Viertel nach zwölf. Nach einem kurzen Weg fand ich in den Überresten der alten City ein Restaurant, wo man mir gebackene Muscheln mit Krautsalat und zwei Flaschen Bier servierte. Dann lief ich zurück zur Centre Street und fing die lange Wache an. Es war fünf nach eins. In der North Water Street konnte ich eine Gruppe städtischer Arbeiter sehen; sie waren mit Preßlufthämmern zugange. In der ganzen Centre Street war niemand. Es sah aus, als wollte kein Mensch etwas mit dieser alten Straße zu tun haben. An der Ecke zur North Water Street lehnte ich mich an einen Telefonmast und nahm mir die örtliche Zeitung vor, die *Standard Gazette*. Ich las das Blatt von vorn bis hinten, wobei ich immer wieder über den oberen Rand auf das fragliche Haus schielte. Schließlich bekam ich Depressionen. Als ich die Zeitung bis zur letzten Zeile gelesen hatte, verlegte ich meinen Spähposten in die Einfahrt eines alten Lagerschuppens nebenan, der offenbar leer stand.

Um drei tauchte ein Besoffener im grauen Anzug mit orangegeblümtem Schlips auf, stolperte in meine Einfahrt und urinierte in die Ecke gegenüber. Als er fertig war, bot ich ihm Handtuch und Seife an, aber er beachtete mich nicht und torkelte weiter. Beruf: männliche Klofrau in einem Rattenloch. Ob wohl dem Meisterdetektiv Allan Pinkerton jemals auf die Schuhe gepinkelt worden war?

Um vier Uhr fünfzehn kamen Pam Shepard und eine zweite Frau aus dem alten Haus. Pam war schlank, gut gebaut und trug eine frische Sonnenbräune zur Schau. Das braune Haar hatte sie hinten zusammengebunden. Sie trug einen olivfarbenen Hosenanzug, der ihr hübsches Hinterteil zur Geltung brachte. Ich würde sie mir genauer ansehen müssen, aber auf den ersten Blick schien sie ein durchaus akzeptables Jagdobjekt. Die andere Frau war kleiner, sah kräftig und untersetzt aus. Sie hatte kurzes schwarzes Haar, trug braune Kord-Jeans und eine rosa Bluse aus Musselin. Sie gingen in Richtung Museum und ich hinterher. Wir marschierten den Hügel hinauf und in die Fußgängerzone, die recht handgebastelt aussah, weil man hier einfach die Kreuzungen abgesperrt hatte. Pam Shepard und ihre Freundin gingen in einen Supermarkt. Ich stellte mich gegenüber vor ein Pfandleihgeschäft und beobachtete die beiden durch die Schaufensterscheibe. Sie kauften Lebensmittel und konsultierten dabei eine Liste. Es dauerte etwa eine halbe Stunde. Als sie wieder auf die Straße kamen, trug jede eine große braune Papiertüte unter dem Arm. Ich folgte ihnen zurück zu dem alten Haus in der Centre Street. Sie verschwanden darin. Jetzt wußte ich wenigstens, wo sie steckte. Ich bezog Posten, diesmal wieder am Telefonmast. Die Einfahrt lockte mich nicht mehr besonders.

Es wurde dunkel. Nichts geschah. Schließlich wäre ich sogar für ein weiteres Gastspiel des Säufers dankbar gewesen. Außerdem war ich hungrig und hätte einen mittleren Ochsen verdrücken können. Ich mußte nachdenken, und das gelang mir meistens nur beim Essen. Die gebackenen

Muscheln hatten mich nicht gerade zum glühenden Anhänger der New Bedforder Gastronomie gemacht, und außerdem mußte ich irgendwann sowieso schlafen. Also ging ich zum Wagen zurück und startete in Richtung Hyannis. Unter dem Scheibenwischer steckte ein Strafmandat, aber nach etwa einem Drittel der Strecke war es weggeflogen.

Auf der Heimfahrt entschied ich mich, was mein nächster Schritt sein würde. Ich würde am nächsten Morgen wieder nach New Bedford fahren und mit Pam Shepard reden. Strenggenommen hatte ich meinen Auftrag bereits erfüllt. Ich hatte ihren Aufenthaltsort entdeckt und konnte berichten, daß sie am Leben war und nicht zwangsweise festgehalten wurde. Sie zurückzubekommen war nun eigentlich Shepards Angelegenheit. Aber irgendwie konnte ich mich nicht mit dem Gedanken anfreunden, ihm einfach die Adresse zu geben und zurück nach Boston zu fahren. Immer wieder mußte ich an Eddie Taylors Beschreibung der Szene an jenem Morgen im Motel denken, wie sie auf dem Bett lag und heulte, was das Zeug hielt. Und ihre Erscheinung in New Bedford war mir seltsam pathetisch vorgekommen, aufgeputzt, auf jung gedrillt, mit übergroßen Ohrringen.

Um neun Uhr dreißig war ich wieder in meinem Motel. Das Restaurant war noch offen. Ich verzehrte sechs Austern zu einer halben Flasche Chablis, dann spülte ich einen Einpfünder von Steak mit einem halben Liter Bier herunter. Der Salat hatte ein ausgezeichnetes Hausdressing, und das Ganze lag mir mehr als ein Tête-à-tête mit einem besoffenen Pisser im Eingang eines alten Lagerschuppens. Nach dem Essen ging ich auf mein Zimmer. Auf Kanal sechs erwischte ich die letzten zwanzig Minuten der Übertragung vom Baseballspiel der Sox.

8. KAPITEL

Am nächsten Morgen war ich vor acht unterwegs nach New Bedford. Dort staute sich der Berufsverkehr bis auf die Brücke von Fairhaven. Um neun Uhr vierzig war ich endlich am Ziel. Ich stieg aus dem Wagen und ging die Centre Street hinunter zu der knallroten Tür von Nummer 3. Es gab weder Klingel noch Klopfer, also hämmerte ich einfach gegen das Holz.

Eine große, kräftig wirkende junge Frau öffnete. Sie hatte hellbraunes Haar, das in einen dicken Zopf geflochten war, trug Jeans und ein schwarz-gelbes, leopardengeflecktes Oberteil. Sie war barfuß und verachtete offensichtlich Büstenhalter.

«Guten Morgen», sagte ich. «Ich würde gern mit Pam Shepard reden.»

«Tut mir leid, hier gibt es keine Pam Shepard.»

«Kommt sie denn bald wieder?» Ich schenkte ihr meinen ganzen jugendlichen Charme.

«Ich kenne niemanden, der so heißt», sagte sie.

«Wohnen Sie hier?»

«Ja.»

«Sind Sie Rose Alexander?»

«Nein.» Mein Charme tat offenbar seine volle Wirkung.

«Ist Rose Alexander zu sprechen?»

«Wer sind Sie?»

«Ich hab zuerst gefragt.»

Ohne ein weiteres Wort machte sie Anstalten, die Tür zu schließen. Ich stemmte mich dagegen und hielt sie offen. Sie schob stärker, und ich stemmte stärker. Sie schien zum Äußersten entschlossen.

«Madam», sagte ich, «wenn Sie die Tür in Ruhe lassen,

werde ich Ihnen die volle Wahrheit sagen. Obwohl ich glaube, daß Sie mir keineswegs reinen Wein eingeschenkt haben.»

Ich hatte in den Wind gesprochen. Sie war eine starke Frau, und es fiel mir zunehmend schwerer, die Tür ohne Zeichen von Anstrengung offenzuhalten.

«Gestern stand ich fast den ganzen Tag hier draußen, und ich sah Pam Shepard mit einer anderen Frau aus dem Haus kommen. Sie gingen einkaufen und kamen mit den Sachen zurück. Das Telefon hier läuft auf den Namen Rose Alexander.» Meine Schulter schmerzte. «Ich will mich nur mit Pam Shepard unterhalten und habe keineswegs die Absicht, sie zu ihrem Mann zurückzuschleppen.»

Hinter der Frau hörte ich eine neue Stimme. «Was, zum Teufel, ist hier los, Jane?»

Statt zu antworten, drückte Jane weiter gegen die Tür. Neben ihr tauchte die kleinere, schwarzhaarige Frau auf, die ich am Vortag zusammen mit Pam Shepard gesehen hatte. «Rose Alexander?» fragte ich. Sie nickte. «Ich muß mit Pam Shepard reden.»

«Ich habe keine Ahnung ...»

«Doch, haben Sie. Ich bin Detektiv, und ich kenne mich aus. Wenn Sie die Liebenswürdigkeit hätten, Ihre Amazone hier von der Tür loszueisen, dann könnten wir alles in Ruhe und Freundschaft bereden.»

Rose Alexander legte Jane die Hand auf den Arm. «Laß ihn lieber rein, Jane», sagte sie mit sanfter Stimme. Jane gab die Tür frei und starrte mich wütend an. Auf ihren Backen waren hellrote Flecken, sonst sah man ihr die Anstrengung nicht an. Ich trat in die Eingangshalle. Meine Schulter fühlte sich völlig taub an. Ich wollte sie reiben, aber der Mannesstolz verbot das.

«Können Sie sich ausweisen?» fragte Rose Alexander.

«Selbstverständlich.» Ich reichte ihr die Plastikhülle mit meiner Lizenz.

«Also sind Sie nicht von der Polizei», sagte sie.

«Nein, freiberuflich.»

«Weshalb wollen Sie mit mir sprechen?»

«Will ich nicht. Nicht mit Ihnen. Ich will mit Pam Shepard reden.»

«Warum wollen Sie mit ihr reden?»

«Ihr Mann hat mich engagiert, sie zu finden.»

«Und was sollen Sie tun, wenn Sie sie gefunden haben?»

«Das hat er nicht gesagt. Aber er will sie wiederhaben.»

«Und Sie wollen sie zurückschleppen.»

«Nein, ich will mit ihr reden. Will feststellen, daß es ihr gutgeht, daß sie nicht unter Zwang steht, und will ihr erläutern, wie ihr Mann die Sache sieht, und sie fragen, ob sie nicht zurückkommen möchte.»

«Und wenn sie nicht will?»

«Ich werde sie nicht zwingen.»

«Darauf können Sie Gift nehmen», zischte Jane.

«Weiß ihr Mann, daß sie hier ist?» fragte Rose Alexander.

«Nein.»

«Weil Sie's ihm nicht gesagt haben?»

«Stimmt.»

«Und warum haben Sie es ihm verschwiegen?»

«Ich weiß nicht. Schätze, will mir den Porzellanladen erst mal ansehn, bevor ich den Elefanten reinführe.»

«Ich traue Ihnen nicht», sagte Rose Alexander. «Was meinst du, Jane?»

«Jane schüttelte den Kopf.

«Schließlich bin ich ohne ihren Mann hier, oder?» sagte ich.

«Aber wir wissen nicht, wie nahe er ist», meinte Rose Alexander.

«Und wen er noch bei sich hat», sagte Jane.

«Bei sich hat?»

Rose sagte: «Sie wären nicht der erste Mann, der eine Frau in seine Gewalt bringt und sich dabei noch im Recht glaubt.»

«Ach.» Mir fiel im Moment nichts anderes ein.

«Wenn wir vor Ihnen jetzt zurückweichen», meinte Jane, «ist die Sache für Sie das nächstemal um so leichter. Deshalb tun wir's gar nicht erst.»

«Aber damit zwingen Sie mich Gewalt anzuwenden», sagte ich. «Nicht, um irgend jemanden zu irgendwas zu zwingen, aber um sicherzugehen, daß ihr nichts fehlt.»

«Das haben Sie gestern gesehen», sagte Jane. Die roten Flecken auf ihren Backenknochen waren dunkler geworden. «Sie sagten doch, Sie hätten Rose und Pam zusammen einkaufen gehen sehen.»

«Ich behaupte ja nicht, daß ihr sie auf dem Dachboden angekettet habt», sagte ich. «Aber Zwang heißt auch Manipulation von Tatbeständen. Wenn sie keine Chance hat, mich anzuhören und sich selbst zu entscheiden, dann ist sie nicht frei, sondern steht unter Zwang.»

«Versuchen Sie ja nicht, sich ihr mit Gewalt zu nähern», sagte Jane. «Sie würden es bereuen, das verspreche ich Ihnen.» Sie war anderthalb Schritte zurückgetreten und hatte eine halb geduckte Kampfstellung eingenommen, die Füße rechtwinklig zueinander, die Hände ebenfalls im rechten Winkel vor sich. Es sah aus, als erwarte sie nur den Gong. Die Lippen hatte sie von den Zähnen zurückgezogen; ihr Atem kam in einem leisen Zischen.

«Sie haben Stunden genommen?» fragte ich.

«Jane kann Karate, und zwar hervorragend», sagte Rose Alexander. «Nehmen Sie sie nicht auf die leichte Schulter. Ich will ja nicht, daß Ihnen was passiert, aber Sie müssen verschwinden.» Ihre schwarzen Augen waren seltsam geweitet, das runde, an sich freundliche Gesicht rot angelaufen. Daß sie um meine Unversehrtheit besorgt war, glaubte ich ihr keineswegs.

«Ich verstehe», sagte ich. «Aber denken Sie doch mal an meine Lage. Ich will ja auch nicht, daß mir was passiert. Und ich nehme Jane hier keineswegs auf die leichte Schulter. Doch je energischer Sie beide mir den Zugang zu Pam Shepard verweigern, um so überzeugter bin ich, daß ich sie dringend sprechen muß. Wahrscheinlich könnte ich die Cops holen gehen. Aber bis ich wieder hier wäre, hätten Sie Pam Shepard verschwinden lassen. Also muß ich darauf bestehen.»

Jane trat mir in die Hoden. Mit «Unterleib» wäre das nicht richtig ausgedrückt. Ich hatte mich nie zuvor mit einer Frau geschlagen und war deshalb nicht darauf gefaßt gewesen. Der Tritt hatte die gleiche Wirkung wie immer: Übelkeit, Schwäche, wahnsinniger Schmerz und das übergroße Verlangen, in der Mitte einfach zusammenzuknicken. Ich knickte zusammen. Jane wollte einen Handkantenschlag in meinem Genick landen. Ich drehte mich zur Seite, und der Schlag ging auf meine Schultermuskeln. Ich richtete mich auf. Der Schmerz war groß, aber lange nicht so groß wie das, was mich erwartete, wenn ich nichts unternahm. Jane zielte mit dem Handrücken auf mein Nasenbein. Ich schlug ihre Hand mit meinem rechten Vorderarm zur Seite und landete einen linken Haken auf ihrer rechten Kopfhälfte, dort, wo die Backe in den Kiefer übergeht. Sie kippte hintenüber und lag regungslos auf dem Boden. Hatte ich zu hart zugeschlagen? Sie war eine große, muskulöse Frau, aber ich wog bestimmt an die fünfzig Pfund mehr. Rose Alexander sank neben Jane auf die Knie, wußte aber offensichtlich nicht, was sie da sollte. Ich kniete mich neben sie, was mir wiederum außerordentlich weh tat, und fühlte Jane den Puls. Er klopfte stark und regelmäßig, und ihre stattliche Brust hob und senkte sich in ungestörtem Rhythmus. «Sie ist okay», sagte ich. «Wahrscheinlich geht es ihr besser als mir.»

Eine schwarzgetünchte Tür am Ende der Halle ging auf. Pam Shepard kam zum Vorschein. Tränen rannen ihr über das Gesicht. «Alles wegen mir», sagte sie. «Nur meine Schuld. Die beiden wollten mich nur beschützen. Wenn Sie Jane verletzt haben, ist das ganz allein meine Schuld.»

Jane schlug die Augen auf und starrte uns mit leerem Blick an. Sie bewegte den Kopf. «Jane?» sagte Rose Alexander.

«Ihr ist nichts weiter passiert, Mrs. Shepard», sagte ich. «Und daß sie mich in den Unterleib trat, war nicht Ihre Schuld.»

Auch Pam Shepard ging neben Jane in die Knie. Ich machte, daß ich aus dem Weg kam, und lehnte mich an den Türpfosten. Mir war immer noch höllisch übel, aber ich tat mein Bestes, es mir nicht anmerken zu lassen. Augenscheinlich mochten die Leute hier mich nicht besonders. Ich hoffte nur, daß Jane und Eddie nie aufeinandertreffen würden.

Jane stand jetzt wieder, Pam Shepard und Rose Alexander hielten je einen ihrer Arme. So gingen sie auf die schwarze Tür zu. Ich ging hinterher. Hinter der Tür lag eine geräumige Küche, altmodisch eingerichtet, mit einem großen Gasherd und einem Küchentisch in der Mitte, einer

Couch mit Kordbezug an der Wand und mehreren Stühlen. Die beiden setzten Jane vorsichtig in einem Schaukelstuhl mit Lederpolster ab. Rose ging zur Spüle und kam mit einem nassen Lappen wieder. Sie wischte Janes Gesicht ab, während Pam ihr die Hand hielt. «Ich bin okay», sagte Jane und schob das Tuch weg. «Wie haben Sie das bloß geschafft?» fragte sie mich. «Der Tritt hätte Sie auf der Stelle fertigmachen müssen.»

«Ich bin ein professioneller Schläger», erwiderte ich.

«Trotzdem.» Sie runzelte die Stirn. «Ein Tritt in die Hoden ist ein Tritt in die Hoden.»

«Haben Sie's schon mal in der Praxis ausprobiert?»

«Hab stundenlang geübt. Auf der Matte.»

«Ich meine kein Training. Sondern Wirklichkeit. In einem richtigen Kampf.»

«Nein», sagte sie. «Aber ich hatte keine Angst. Und ich hab's richtig gemacht.»

«Klar, aber mit dem falschen Objekt.»

«Aber ...» Sie schüttelte den Kopf.

«Ich war früher Boxer. Und Prügeleien gehören zu meinem Lebensunterhalt.»

«Verdammt, Sie denken, weil Sie ein Mann ...»

«Nein. Eine gut trainierte große Person ist jederzeit einer gut trainierten kleineren Person überlegen. Die meisten Männer sind nicht so gut wie ich. Und viele sind schlechter als Sie.»

Alle drei starrten mich unverwandt an. Ich fühlte mich unwohl, völlig isoliert. Wenn wenigstens noch ein männliches Wesen im Raum gewesen wäre. Ich wandte mich an Pam Shepard. «Können wir jetzt reden?»

Rose Alexander sagte: «Du brauchst ihm kein Wort zu sagen, Pam.»

Jane unterstützte sie. «Das hat überhaupt keinen Sinn, Pam, mit dem zu reden. Du weißt doch, wie du in der Sache fühlst.»

Ich sah Pam Shepard an. Sie hatte die Lippen eingezogen, der Mund war ein dünner Strich.

«Zweiundzwanzig Jahre», sagte ich. «Und Sie kannten ihn schon, bevor Sie heirateten. Also haben Sie Harvey Shepard mehr als zweiundzwanzig Jahre gekannt. Hat er es da nicht wenigstens verdient, daß wir fünf Minuten über die Sache reden können?»

Sie nickte, aber mehr zu sich selbst. «Seit 1950 kenne ich ihn. Das ist es ja.»

Ich zuckte die Schultern. «Er blättert hundert Dollar am Tag hin, dazu die Spesen, um Sie zu finden.»

«Genau sein Stil. Die große Geste. ‹Sieh nur, wie sehr ich dich liebe.› Aber sucht er nach mir? Nein, Sie suchen mich.»

«Besser als gar keiner.»

«Wirklich?» Sie hatte jetzt Farbe im Gesicht. «Sind Sie da sicher? Wieso eigentlich besser? Könnte es nicht ebensogut der Gipfel der Unverschämtheit sein? Reinste Penetranz, männlicher Chauvinismus, Besitzgier? Scheiße! Warum laßt ihr mich nicht alle in Frieden?»

«Ich kann nur mutmaßen», sagte ich. «Aber ich glaube, er tut es, weil er Sie liebt.»

«Mich lieben? Was, zum Teufel, hat das mit der Sache zu tun? Natürlich liebt er mich, wahrscheinlich jedenfalls. Daran hab ich doch nie gezweifelt. Na und? Heißt das, daß ich ihn auch lieben muß? Nach seiner Art? Und seinen Spielregeln?»

«Mit diesem Argument haben die Männer die Frauen seit dem Mittelalter unterdrückt», warf Rose Alexander ein. Offensichtlich war sie die Chefideologin der Gruppe.

«Rosie», antwortete ich, «mein Job ist nicht, über Frauendiskriminierung mit Ihnen zu diskutieren. Es gibt sie, und ich bin dagegen, jedenfalls in der militanten Form. Aber hier haben wir es nicht mit Theorie, sondern mit einem Mann und einer Frau zu tun, die sich seit vielen Jahren kennen und übereingekommen sind, zusammen Kinder zu produzieren. Darüber will ich mit ihr reden.»

«Man kann die Theorie nicht von ihrer Anwendung trennen. Und es hilft überhaupt nichts, wenn Sie meinen Namen in der Verniedlichungsform benutzen. Mit Ihren Männertricks legen Sie mich nicht rein.» Ihre Augen blitzten böse.

«Gehen Sie ein Stück mit mir spazieren», sagte ich zu Pam Shepard.

«Tu's nicht!» sagte Jane.

«Sie werden Pam nicht aus dem Haus kriegen», sagte Rose Alexander.

Ich ignorierte die beiden und sah nur Pam Shepard an. «Einen Spaziergang», wiederholte ich. «Runter zur Brücke. Dann können wir aufs Wasser gucken und uns unterhalten, und danach kommen wir wieder zurück.»

Sie nickte. «Ja, ich komme mit. Vielleicht bringen Sie ihn dazu, daß er mich versteht.»

9. KAPITEL

Proteste, Vorhaltungen, finstere Warnungen folgten Pam Shepards Einwilligung. Schließlich einigten wir uns, Pam und ich würden langsam in Richtung Hafen schlendern. Jane und Rose würden in angemessenem Abstand folgen, für den Fall, daß ich Pam chloroformieren und in einen Sack stecken sollte.

Als wir die Front Street entlanggingen, sah ich ihr Gesicht in der Sonne. Sie war ungefähr in meinem Alter. Um die Augen und Mundwinkel hatten sich leichte Linien eingegraben, aber sie taten ihrer Anziehungskraft keinen Abbruch, im Gegenteil. Sie sah ganz und gar nicht wie eine Frau aus, die es nötig hatte, sich in Bars übergewichtigen Baggerführern an den Hals zu schmeißen. Zum Teufel, Pam Shepard hätte jederzeit zwischen allen hartgesottenen Privatdetektiven wählen können, wenn man mich fragte. Ich überlegte, ob sie wohl etwas gegen den Urinfleck auf meinem Schuh hätte.

Wir bogen auf die Brücke ein und gingen so weit nach draußen, daß wir das Wasser sehen konnten. Im Vergleich zu dieser Brühe sah die Stadt noch wie ein Kronjuwel aus. Altes Öl, Zigarettenpackungen, tote Fische, vergammelte Bretter, ein zusammengerolltes Kondom.

«Wie heißen Sie?» fragte Pam Shepard.

«Spenser.» Wir lehnten uns mit den Armen auf das Geländer und sahen hinüber zum Funkturm auf einer der Inseln. Der Seewind war angenehm, trotz des stinkenden Wassers.

«Worüber wollen Sie mit mir reden?» Diesmal trug sie ein dunkelblaues Polohemd, weiße Shorts und Tennisschuhe. Ihre Beine waren braungebrannt und glatt.

«Mrs. Shepard, ich habe Sie gefunden und weiß jetzt nicht, was ich tun soll. Offensichtlich sind Sie aus freien Stücken hier, und ebenso offensichtlich wollen Sie nicht zurück nach Hause. Ich wurde engagiert, Sie zu finden. Wenn ich Ihrem Mann Ihren Aufenthaltsort mitteile, habe ich meinen Auftrag erledigt und mein Geld verdient. Aber dann kommt er her und sagt, Sie sollen nach Hause kommen, und Sie sagen nein, und er macht Wirbel, und Jane tritt ihm in den Unterleib. Was immer dabei herauskommt, Sie werden hier wegmüssen.»

«Dann sagen Sie's ihm doch nicht.»

«Aber er hat mich engagiert. Ich bin ihm meine Dienste schuldig.»

«Ich kann Sie nicht engagieren. Hab kein Geld.»

Jane und Rose standen am Ende der Brücke und beobachteten jede meiner Bewegungen. Semper paratus.

«Ich will von Ihnen nicht engagiert werden. Das hier ist keine Erpressung. Ich will nur herausbekommen, was ich zu tun habe.»

«Ist das nicht Ihr Problem?» Ihr diamantenbesetzter Hochzeitsring glitzerte in der Sonne.

«Natürlich», sagte ich. «Aber ich kann es nicht lösen, bevor ich weiß, mit wem und mit was ich es zu tun habe. Bei Ihrem Mann kenne ich mich langsam aus. Bei Ihnen nicht.»

«Jemand wie Sie braucht sich doch wohl nur an den Begriff von der Unverletzlichkeit der Ehe zu klammern. Eine Frau, die ihre Familie im Stich läßt, verdient kein Mitleid. Sie hat Glück, wenn der Mann sie zurücknimmt.»

«Unverletzlichkeit der Ehe, Mrs. Shepard? Das ist ein abstrakter Begriff. Damit kann ich nichts anfangen. Mein Geschäft sind keine Abstraktionen, sondern Menschen, Leute. Die Unverletzlichkeit der Ehe ist mir egal. Aber gelegentlich interessiert mich, was Leute fühlen. Ob sie glücklich sind oder unglücklich.»

«Ist Glück nicht auch eine Abstraktion?»

«Nein. Sondern ein Gefühl. Und Gefühle sind greifbar. Aber über Gefühle kann man nur schwer reden. Deshalb tun manche Leute so, als seien Gefühle Abstraktionen. Oder als seien Ideen, über die man viel einfacher sprechen kann, wichtiger als Gefühle.»

«Ist die Gleichheit von Mann und Frau etwa eine Abstraktion?»

«Meiner Meinung nach ja.»

In ihrem Blick lag ein Anflug von Zorn. «Vergessen Sie nicht, daß der Fehlschlag dieses Prinzips der Gleichheit viele Leute unglücklich macht?»

«So? Dann lassen Sie uns den Begriff Unglück unter die Lupe nehmen. Ich hab keine Ahnung, was Gleichheit bedeutet, weder im Zusammenleben von Mann und Frau noch in der amerikanischen Unabhängigkeitserklärung. Aber Unglück? Warum, zum Beispiel, fühlen Sie sich unglücklich mit Ihrem Mann?»

«Ach, du lieber Gott! Wo soll ich da anfangen?»

«Liebt er Sie?»

Jetzt lag in ihrem Blick mehr als Zorn. Ich dachte einen Moment, sie wollte vor mir ausspucken. «Klar», sagte sie schließlich. «Natürlich liebt er mich. Als ob das die einzige Basis für ein Zusammenleben wäre. ‹Ich liebe dich, ich liebe dich. Liebst du mich auch?› Scheiße!»

«Liebe ist besser als Haß», sagte ich.

«Ach, seien Sie doch nicht so oberflächlich. Eine Verbindung kann doch nicht nur auf einem Gefühl beruhen. Liebe oder Haß. Er ... er ist wie» – sie suchte nach einem passenden Ausdruck für ihren Mann, mit dem sie seit zweiundzwanzig Jahren verheiratet war – «wie Zuckerwatte, die alles verklebt. Und das den ganzen Tag lang, alle Tage. Wenn man da nicht wegkommt und unter die Dusche geht, wird man verrückt. Haben Sie Kinder, Mr. Spenser?»

«Nein.»

«Dann wissen Sie wohl nicht, was ich sagen will. Sind Sie verheiratet?»

«Nein.»

«Sehen Sie? Dann können Sie mich gar nicht verstehen.»

Ich schwieg.

«Jedesmal, wenn ich in seine Nähe komme, will er mich umarmen. Oder er betatscht mich oder gibt mir einen Kuß. Oder er faßt mir an den Hintern. Jede Stunde, jede Minute erdrückt mich seine Art von Liebe, und er verlangt, daß ich sie auf dieselbe Weise erwidere. Dann könnte ich ihm ins Genick treten.»

«Lieben Sie ihn?»

«Wen, Harvey? Wohl nicht nach seinen Maßstäben und Bedingungen. Aber nach meinen. Wenigstens tat ich das. Bis er mich völlig ausgesaugt hatte. Verstehen Sie?»

Ich nickte.

«Und im Bett», fuhr sie fort. «Wenn ich nicht einen Orgasmus nach dem anderen hatte, hatte ich ein schlechtes Gewissen.»

«Und Sie hatten nicht einen nach dem anderen?»

«Nein.»

«Und deshalb befürchteten Sie, Sie wären frigide.»

Sie nickte.

«Das ist ein von Männern erfundener Begriff. Das Sexualmodell ist immer männlich gewesen.»

«Bitte fangen Sie nicht an, Rose zu zitieren. Es kann ja stimmen, nur hilft es uns bei unserem Problem nicht weiter.»

«Vielleicht haben Sie ein Problem», sagte Pam Shepard. «Ich hab keins.»

«Doch, ich glaub schon.» Ich sah sie an. «Hab mit Eddie Taylor gesprochen.»

Sie erwiderte meinen Blick verständnislos. Offenbar sagte ihr der Name nichts.

«Eddie Taylor», wiederholte ich. «Ein großer blonder Junge, Baggerführer. Etwas zu dick um die Mitte, vorlautes Mundwerk.»

Sie nickte. Plötzlich schienen sich die Linien um ihre Mundwinkel tiefer einzugraben. «Und warum soll der ein Problem sein?»

«Der nicht. Aber sofern er nicht alles erfunden hat, und dazu ist er nicht helle genug, sind Sie lange nicht in dem Maß Herrin über Ihr Leben, wie Sie glauben.»

«Na, er hat bestimmt liebend gern jede Einzelheit ausgeplaudert. Und wahrscheinlich mächtig dabei augeschnitten.»

«Im Gegenteil. Er war ziemlich zugeknöpft, und ich mußte ihm erst in den Solarplexus schlagen.»

Sie konnte sich ein leichtes Lächeln nicht verkneifen. «Eigentlich reden Sie ganz anders, als ich erwartet hätte.»

«Ich lese eine Menge», sagte ich bescheiden.

«Also, worin besteht mein Problem?»

«So viel lese ich nun auch wieder nicht. Wahrscheinlich stehen Sie mit Ihrem Sexualleben auf Kriegsfuß und fühlen sich unsicher.»

«Großartig! Und wenn es nun mein Mann wäre, der fremdginge, würden Sie dann auch sagen, er stünde mit seinem Sexualleben auf Kriegsfuß und sei deshalb verunsichert?»

«Möglich», sagte ich. «Vor allem dann, wenn er am Morgen danach mit Weinkrämpfen auf dem Bett läge.»

Sie lief rot an. «Der Kerl war widerlich, richtig abstoßend. Sie haben ihn ja gesehen. Wie konnte ich mich nur mit so einem Schwein einlassen? Ein besoffenes, stinkendes, schwitzendes Tier. Und ich habe mich ihm einfach hingegeben!» Sie schauderte. Jane und Rose Alexander standen am Brückenende wie sprungbereite Tigerinnen. «Und er scherte sich keinen Dreck um mich. Was ich fühlte oder so. Was ich wollte oder nicht wollte. Ihm ging's nur ums Bumsen, wie einem Hund. Als er fertig war, rollte er sich von mir runter und fing zu schnarchen an.»

«Wenn Eddie Taylor so abstoßend auf Sie wirkte, warum haben Sie ihn dann aufgerissen?»

«Verdammt, weil mir einfach danach war. Weil ich rauswollte und ganz normal mit jemandem schlafen, einfach so, ohne das ganze Brimborium: ‹war es schön, Liebling, liebst du mich, du weißt gar nicht, wie ich dich liebe›. Diese ganze Scheiße!»

«Haben Sie das oft gemacht?»

«Klar. Immer, wenn mir danach war. Und das war in letzter Zeit ziemlich oft der Fall.»

«Und warum?»

«Warum? Warum? Haben Sie das noch immer nicht kapiert? Ach, ich weiß es eigentlich selbst nicht so genau. Schätze, der Hauptgrund ist, daß ich einfach nicht so weiterleben will wie die letzten zwanzig Jahre.»

«Und wie wollen Sie leben?»

«Anders. Irgendwie anders.»

«Versuchen Sie es zu beschreiben.»

«Ach ...» Plötzlich standen Tränen in ihren Augen. «Ich weiß es einfach nicht. Gottverdammt noch mal, ich weiß nicht, was ich will. Ich will, daß Sie mich in Frieden lassen, hauen Sie ab, gehen Sie zum Teufel!» Die Tränen liefen ihr übers Gesicht. Am Brückenende befanden sich Jane und Rose in angeregter Konferenz. Ich hatte das Gefühl, Jane würde jeden Moment von der Leine gelassen werden. Ich kramte eine meiner Visitenkarten hervor und gab sie ihr.

«Hier. Wenn Sie mich brauchen, rufen Sie an. Haben Sie wenigstens etwas Geld?»

Sie schüttelte den Kopf. Ich holte zehn der Zehndollarnoten ihres Mannes aus meiner Brieftasche, die sich ohne sie ziemlich dünn anfühlte. Die Scheine gab ich ihr.

«Ich werd ihm nicht erzählen, wo Sie sind», sagte ich. Ich ging von der Brücke und den Hügel hinauf zu meinem Auto neben dem Walfangmuseum.

10. KAPITEL

Harvey Shepard hatte eine dicke, purpurrote Schwellung unter dem rechten Auge. Sie schien ihm höllisch weh zu tun, wenn er die Augenbrauen zusammenzog. Trotzdem funkelte er mich mit zusammengezogenen Brauen an. «Verdammt!» sagte er. «Ich hab fünfhundert Dollar für die Information hingeblättert, und jetzt sitzen Sie da und sagen, ich bekomme die Information nicht. Nennen Sie das Geschäftsethik?»

«Ich werde Ihnen den Vorschuß erstatten, wenn Sie wollen, aber ihren Aufenthaltsort werde ich Ihnen nicht nennen. Es geht ihr gut, und sie ist aus freien Stücken dort. Nach meiner Einschätzung ist sie verunsichert und unglücklich, aber ihr droht keine Gefahr.»

«Woher soll ich wissen, daß Sie Pam überhaupt zu Gesicht bekommen haben? Vielleicht wollen Sie mich einfach um fünfhundert Dollar erleichtern, ohne in Wahrheit nach ihr zu suchen.»

«Hab Ihnen doch angeboten, das Geld zurückzuzahlen.»

«Zwischen anbieten und tun ist wohl ein Unterschied.»

«Sie trug ein blaues Polohemd, weiße Shorts und weiße Tretorn-Tennisschuhe. Sagt Ihnen das was?»

Er zuckte die Schultern.

«Woher haben Sie das Ei?»

«Das was?»

«Die Beule im Gesicht. Woher?»

«Verdammt, wechseln Sie nicht das Thema. Sie schulden mir eine Information, und die will ich haben. Wenn's sein muß, schlepp ich Sie deswegen vor Gericht!»

«Hat Ihnen Hawk das Ding verpaßt?»

«Stecken Sie Ihre Nase nicht in meine Angelegenheiten, Spenser. Ich hab Sie engagiert, um meine Frau zu finden, und Sie tun nicht mal das. Lassen Sie Hawk aus dem Spiel.»

Wir saßen in seinem Büro im zweiten Stock mit Blick auf die Main Street, er hinter seinem modernen Schreibtisch im dänischen Stil, ich in einem weißen Ledersessel von Direktorenkaliber. Ich stand auf und ging zur Tür.

«Kommen Sie mal mit», sagte ich. «Da ist was in Ihrem Vorzimmer, was ich Ihnen zeigen möchte.»

Er schnaubte verächtlich, stand aber auf, langsam und mühselig. Er ging steif wie ein alter Mann, hielt sich angestrengt gerade. Als er an der Tür war, sagte ich: «Schon gut.»

«Himmel noch mal! Was soll das?»

«Sie sind zusammengeschlagen worden», sagte ich.

Er vergaß seine Vorsicht, drehte sich schnell zu mir um, stöhnte vor Schmerz auf und hielt sich an der Wand aufrecht.

«Hauen Sie ab!» sagte er.

«Jemand hat Sie sich gründlich vorgenommen», sagte ich. «Das dachte ich mir gleich, als ich die Beule sah, und als Sie zu gehen versuchten, war ich mir sicher. Sie stecken in

Geldschwierigkeiten, und zwar bei jemandem, für den Hawk arbeitet. Und dies war die zweite Mahnung.»

«Sie wissen ja gar nicht, wovon Sie reden, Mann.»

«Doch, das weiß ich. Hawk arbeitet genau auf diese Tour. Er dreht die Leute so durch die Mangel, daß man es nicht sieht. Eigentlich wundert mich sogar die Beule.»

«Sie sind verrückt», sagte Shepard. «Ich bin gestern die Treppe runtergefallen, auf dem Läufer ausgerutscht. Ich schulde niemandem Geld. Mit Hawk habe ich nur geschäftliche Verbindungen.»

Ich schüttelte den Kopf. «Hawk macht keine Geschäfte. Das langweilt ihn. Hawk kassiert und spielt Leibwächter, solche Sachen. Ich sehe Sie mit ihm zusammen, und am nächsten Tag können Sie kaum laufen. Das ist kein Zufall. Sie sollten mir reinen Wein einschenken.»

Shepard hatte sich mühsam zum Schreibtisch zurückbewegt und saß wieder. «Verschwinden Sie. Und ich verklage Sie für jeden Cent, den Sie von mir haben. Als nächstes hören Sie von meinem Anwalt.»

«Seien Sie kein Idiot, Shepard. Wenn Sie nicht irgendwie aus dem Schlamassel rauskommen, in dem Sie offensichtlich stecken, höre ich als nächstes von Ihrem Leichenbestatter. Sie haben drei Kinder und keine Frau. Was soll aus den Kindern werden, wenn Sie den Löffel abgeben?»

Shepard machte den schwachen Versuch eines Lächelns. «Hören Sie, Spenser, ich weiß Ihre Anteilnahme zu schätzen. Aber es handelt sich hier um eine reine Privatangelegenheit und um nichts, mit dem ich nicht fertig werden könnte. Ich bin Geschäftsmann und weiß, wie man Geschäfte abwikkelt.» Die Hände, die er vor sich auf der Tischplatte gefaltet hatte, straften seine Worte Lügen. Die Knöchel stachen weiß hervor. Der Mann schwebte in Todesangst.

«Versuchen wir's noch einmal, Shepard. Machen Sie Geschäfte mit King Powers?»

«Ich sagte Ihnen doch, Spenser, es geht Sie nicht das geringste an. Sie sind ja nur auf einen Zusatzjob aus. Mit uns ist es aus. Entweder, ich finde morgen früh in der Post einen Scheck über fünfhundert Dollar von Ihnen, oder Sie finden sich vor Gericht.» Seine Stimme hatte jetzt einen nahezu hysterischen Beiklang.

«Sie wissen, wo Sie mich finden können», sagte ich und ging.

Wenn man lange in Boston gelebt hat, kommt einem Cape Cod wie das Gelobte Land vor. See, Sonne, Strand, blauer Himmel, Gesundheit, Schlendrian, Urlaubskumpanei: wie eine ins wirkliche Leben umgesetzte Bierreklame aus dem Fernsehen.

Ich fuhr die Sea Street hinunter, ließ den Wagen im Parkverbot stehen und ging an den Strand. Offenbar war ich arbeitslos. Es gab keinen Grund, nicht meine Siebensachen zu packen und nach Hause zu fahren. Ich sah auf die Uhr. Ich konnte Susan Silverman anrufen und in zwei Stunden bei ihr sein.

Je länger ich darüber nachdachte, desto mehr gefiel mir der Gedanke. Schließlich hatte ich Susan vier Tage lang nicht gesehen. Natürlich war es hart, die fünfhundert Dollar zurückzuzahlen, aber vielleicht würde Susan den nächsten Lunch bezahlen. Seit kurzem machte ich die Erfahrung, daß ich immer nervös wurde, wenn ich sie längere Zeit nicht sah.

Ich fand schließlich eine nicht allzu überfüllte Stelle am Strand, setzte mich und zog mein Hemd aus. Eine dicke Frau in der Nähe sah mißtrauisch auf den Revolver an meinem Gürtel. Ich nahm ihn ab und wickelte ihn in das Hemd ein. Die Frau stand auf und suchte das Weite. Ich schloß die Augen und hörte auf das Rauschen der Wellen und das Juchzen der Kinder. Gelegentlich bellte ein Hund. Irgendwo spielte ein Radio, eine Männerstimme beklagte sich in d-Moll über tausend Jahre Liebeskummer oder so ähnlich.

Die Sache war ganz schön verfahren. Viel zu verfahren, als daß ich einfach abhauen könnte. Auf jeden Fall so verfahren, daß Shepard allein damit nicht mehr fertig werden würde.

Ich stand auf, steckte den Revolver in den Gürtel und zog das Hemd über, damit man mich nicht für eine Art Feriensheriff hielt. Als ich im Motel ankam, war es fast Mittag.

Aus meinem Zimmer rief ich bei Susan Silverman zu Hause an. Niemand meldete sich. Im Restaurant verspeiste ich Austern und trank zwei Glas Faßbier. Oben versuchte ich es noch einmal bei Susan. Wieder keine Antwort. Als nächstes rief ich Deke Slade bei der Polizei an. Der war wenigstens da.

«Hier Spenser», sagte ich. «In Kreisen der Verbrechensaufklärung bekannt als Mr. Spürhund.»

«Was gibt's?»

«Ich hätte da so 'n paar Sachen, die ich mit Ihnen besprechen möchte. Über illegale Machenschaften in Ihrem Bezirk. Soll ich mal rüberkommen?»

«Illegale Machenschaften, hier? Sie sollten sich weniger Krimis im Fernsehen anschauen. Sie hören sich an wie Perry Mason.»

«Wollen Sie nun hören, was ich zu sagen habe, oder nicht?»

«Okay, schon gut. Kommen Sie rüber, wenn's sich nicht vermeiden läßt.» Er klang nicht gerade begeistert.

11. KAPITEL

Wie heißt Hawk mit vollem Namen?» fragte Slade.

«Keine Ahnung. Eben Hawk.»

«Er muß doch ’nen Nachnamen haben.»

«Ich weiß. Aber ich kenne ihn seit zwanzig Jahren, und er wurde immer nur Hawk genannt.»

Slade zuckte die Schultern und schrieb «Hawk» auf seinen Notizblock. «Also gut. Und Sie glauben, Shepard schuldet jemandem Geld und zahlt nicht, und dieser Jemand hat ihm einen Knochenbrecher auf den Hals geschickt. Was sagt denn Shepard selbst dazu?»

«Der weicht aus. Sagt, er hätte geschäftlich mit Hawk zu tun, und mich ginge das nichts an.»

«Aber Sie glauben ihm nicht?»

«Nein. Hawk macht keine Geschäfte, jedenfalls nicht auf die herkömmliche Art. Keine Geschäfte, wie Shepard es meint. Hawk ist ein Einzelkämpfer.»

«Genau wie Sie», sagte Slade.

«Nein. Meine Aufträge sind anderer Art als seine.»

«In jedem Fall? Hab ich aber anders gehört.»

«Von wem?»

«Ach, nur so. Ich kenn auch ein paar Leute in Boston. Hab ein oder zwei Telefonate über Sie geführt.»

«Ich dachte, Sie hätten mit Ihrem Ferienrummel hier genug zu tun.»

«Hab eben die Mittagspause geopfert.»

«Man soll nie alles glauben, was man hört.»

Slade erlaubte sich den Anflug eines Grinsens. «Sind Sie sicher, daß Shepard zusammengeschlagen wurde?»

«Hundertprozentig. Hab so was selbst schon erlebt. Ich kenne die Symptome.»

«Und was sagt er dazu?»

«Er wäre die Treppe runtergefallen.»

Slade notierte wieder etwas. «Haben Sie eine Ahnung, wer Hawk angeheuert haben könnte?»

«Ich tippe auf King Powers. Hawk räumt ihm normalerweise eine Art Vorkaufsrecht für seine Dienste ein. Powers ist ein Geldverleiher großen Stils, eine Hyäne, macht Geschäfte aller Art und –»

«Ich kenne Powers», sagte Slade.

«Auf jeden Fall: Shepard ist in Schwierigkeiten, und zwar in großen. Und er hat zuviel Angst, um nach Hilfe zu schreien.»

«Oder eine zu dreckige Weste.»

Ich sah ihn fragend an. «Wissen Sie etwas, was ich nicht weiß?»

Slade schüttelte den Kopf. «Nein, sagen wir, ich überlege nur laut. Harv war immer sehr versessen darauf, im Leben voranzukommen. Er machte nicht gerade krumme Touren, war aber, na ja, sagen wir, sehr ehrgeizig. Diese Ferienkolonie, die er baut, hat schon häufig zu Gerede geführt, und es geht damit offenbar nicht so recht voran. Manche Leute fragen sich, ob an der Sache was faul ist.»

«Und? Ist was faul?»

«Ach, zum Teufel! Woher soll ich das wissen? Haben Sie jemals versucht, hinter einen Grundstücksschwindel zu kommen? Da brauchen Sie hundert Anwälte, und die brauchen hundert Jahre, nur um rauszukriegen, ob wirklich was stinkt. Meistens kommt man nicht mal dahinter, wem der verdammte Boden überhaupt gehört.»

«Shepard machte nicht den Eindruck, als ob er schiefe Dinger dreht», meinte ich.

«Na und? Adolf Hitler liebte Hunde. Er muß ja nicht

gleich ein Verbrecher sein, vielleicht hat er sich, sagen wir, etwas übernommen.»

«Könnte sein. Aber was unternehmen wir in der Sache?»

«Wie soll ich das wissen? Bin ich der Eierkopf aus der Großstadt? Meines Wissens haben wir nichts, auf das wir den Finger legen könnten, weder ein Verbrechen noch ein Opfer oder das, was man die Verletzung eines Rechtsgutes nennen könnte. Ich werd halt öfter ein paar Streifenwagen an seinem Haus vorbeischicken und den Jungs einheizen, daß sie aufpassen. Kann auch mal bei der Grundstücksbehörde fragen, ob da mit dem Shepard-Projekt irgendwas offensichtlich faul ist. Haben Sie denn Vorschläge?»

Ich schüttelte den Kopf.

«Wie ist das übrigens mit seiner Frau? Konnten Sie die ausfindig machen?»

«Ja.»

«Und? Kommt sie zurück?»

«Glaub ich kaum.»

«Was will Harv unternehmen?»

«Er kann nichts unternehmen.»

«Er kann hingehen und sie nach Hause schleifen.»

«Er weiß nicht, wo sie steckt. Hab ich ihm nicht gesagt.»

Slade starrte mich dreißig Sekunden unverwandt an. «Sie sind schon ein abgebrühtes Miststück», meinte er schließlich. «Das muß Ihnen der Neid lassen.»

«Kann sein.»

«Hat er das so einfach geschluckt?»

«Nein. Hat mich rausgeschmissen. Will mich verklagen.»

«Also sind Sie hier ohne Arbeit?»

«Sieht so aus.»

«Einfach nur ein Tourist?» Ein dickes Grinsen breitete sich auf Slades Polizistengesicht aus.

«Du liebe Güte», sagte er. «Hat man so was schon gehört?»

Ich erwiderte sein Grinsen und ging.

Als ich in mein Motelzimmer kam, lag Susan Silverman auf meinem Bett und las in einem dicken Wälzer.

«Jesus Christus», sagte ich, «du kommst wie gerufen.»

Sie lachte mich an. «Das will ich hoffen.»

Ich machte einen Hechtsprung auf das Bett und wickelte sie in meine Arme.

«Aua.»

Wir küßten uns. Als wir fertig waren, sagte ich: «Ich werd dich gar nicht erst fragen, wie du hier reingekommen bist. Den Hotelmanager, der dir 'nen Zimmerschlüssel verweigert, möchte ich sehen.»

«Kinderspiel. Und du, Blauauge? Wie geht's dir?»

Wir lagen nebeneinander auf dem Bett, während ich ihr berichtete. Als ich fertig war, schlug ich vor, den Nachmittag der puren Sinneslust zu widmen, mit sofortigem Beginn. Doch sie fand einen vorherigen Lunch angebracht, ein Argument, dem ich nicht viel entgegenhalten konnte.

12. KAPITEL

Nach dem Lunch tranken wir Kaffee am Swimmingpool, an einem weißen, schmiedeeisernen Tisch und unter einem weißblauen Sonnenschirm. Im Wasser planschten zum großen Teil Kinder; die Mütter rieben sich Sonnenöl auf die Beine. Susan Silverman nippte an ihrer Tasse und sah an mir vorbei. Ihre Augen hinter der Sonnenbrille weiteten sich. Ich drehte mich um. Hawk stand hinter mir.

«Spenser.»

«Hawk», sagte ich.

«Was dagegen, wenn ich euch Gesellschaft leiste?»

«Setz dich. Susan, das ist Hawk. Hawk, das ist Susan Silverman.»

Hawk lächelte ihr zu, und sie sagte: «Tag, Hawk.»

Er zog einen Stuhl heran und setzte sich zu uns. Hinter ihm stand ein Bulle von Kerl mit einem sonnenverbrannten Gesicht. Auf dem linken Innenarm trug er einen orientalischen Drachen eintätowiert. Hawk deutete mit einer Kopfbewegung zum Nachbartisch, und der Tätowierte nahm dort Platz. «Das ist Powell», sagte Hawk. Powell hatte die Arme verschränkt und starrte uns nur an.

«Kaffee?» fragte ich.

«Ja, aber bitte Eiskaffee.»

Ich winkte die Kellnerin heran und bestellte.

«Hawk», sagte ich, «du mußt dir ein für allemal diesen Hang zur Unauffälligkeit abgewöhnen. Warum ziehst du dich nicht endlich so an, daß die Leute auf dich aufmerksam werden?»

«Ach, Spenser, ich bin von Natur aus ein zurückhaltender Typ. Warum soll ich wie ein schwarzer Dressman rumlaufen?» Er trug schneeweiße Puma-Turnschuhe, schneeweiße Leinenhosen, eine schneeweiße, ärmellose Weste ohne Hemd. Powell war konservativer gekleidet, Hose und Hemd in Beige.

Die Kellnerin brachte Hawk seinen Eiskaffee. Er fragte: «Machen Susan und du hier Ferien?»

«Ja.»

«Klasse, was? Hab Cape Cod immer gemocht. Die Atmosphäre hat was Besonderes. Der Geist des Müßiggangs.»

«Eben. Der Geist des Müßiggangs. Dem frönst du hier wohl auch, was, Hawk?»

«Ja, man kann's so nennen. Eine Art Arbeitsurlaub. Und du machst nebenbei 'n bißchen was für Harv Shepard?»

«Ich sag dir's, wenn du mir's sagst.»

«Susan», meinte Hawk, «Ihr Freund hier hat so 'ne aufrechte Art, wissen Sie? Hält nie mit was hinterm Berg.»

Susan lächelte ihm zu und nickte. Hawk lächelte zurück.

«Hör schon auf, Hawk», sagte ich. «Du willst wissen, was ich mit Shepard zu tun habe, und ich will wissen, was du mit Shepard zu tun hast.»

«Genaugenommen geht es um etwas mehr, Baby. Oder weniger – wie man's nimmt. Es interessiert mich nicht, was du mit Shepard zu tun hast, Hauptsache, du läßt es sausen.»

«Aha, eine Drohung. Das erklärt, warum du Eric den Roten mitgebracht hast. Du wußtest, daß Susan hier ist, und wolltest nicht in der Minderzahl sein.»

Powell machte sich von seinem Tisch bemerkbar. «Wie haben Sie mich genannt?»

Hawk lächelte. «Hast immer noch das fixe Köpfchen, Spenser.»

«Wie haben Sie mich genannt?» beharrte Powell.

«Es ist schwer, wie ein harter Bursche auszusehen, Powell, wenn die Haut auf der Nase pellt. Versuchen Sie doch mal Sun Ban.»

Powell stand auf. «Wenn Sie was von mir wollen, brauchen Sie's nur zu sagen.»

Ich deutete auf die Tätowierung. «Ist das 'n Porträt von Ihrer Mutter?»

Sein Gesicht wurde noch röter. «Sie Bastard, ich werd's Ihnen zeigen. Und zwar auf der Stelle.»

Hawk sagte: «Ich würd's lieber lassen, Powell.»

«Ich brauch mir doch von dem Scheißkerl nichts bieten lassen», sagte Powell.

«Du sollst nicht in Gegenwart einer Dame böse Worte gebrauchen», sagte Hawk. «Und bieten lassen mußt du dir's schon, denn mit dem kannst du's nicht aufnehmen.»

«Danach sieht er mir aber nicht aus», meinte Powell. Er stand vor mir, und die Leute fingen an herüberzusehen.

«Das glaubst du, weil du ein ausgemachter Dummkopf bist, Powell», sagte Hawk. «Der Mann ist Spitze, vielleicht fast so gut wie ich. Aber wenn du's versuchen willst, nur zu.»

Powell packte mich von oben am Hemd. Susan zog die Luft scharf ein.

Hawk sagte: «Bring ihn nicht gleich um, Spenser. Ich brauche ihn als Botenjungen.»

Powell zog mich ruckartig aus dem Stuhl. Ich ging mit der Bewegung mit und schlug ihm den Unterarm gegen den Adamsapfel. Er machte ein Geräusch undefinierbarer Art und ließ mein Hemd los. Ich traktierte ihn mit zwei linken Haken, und er plumpste rückwärts in den Swimmingpool. Hawk grinste. «Die Kerls sind doch alle gleich. Kennen den Unterschied nicht zwischen Amateur und Profi.» Er schüttelte den Kopf. «Aber deine Lady hier, die ist Klasse.» Er deutete mit dem Kopf auf Susan, die hoch über dem Kopf eine Bierflasche hielt, die sie sich irgendwo ergattert hatte.

Hawk stand auf, ging zum Wasser und zog Powell heraus. Powell war ein Zwei-Zentner-Kerl, aber Hawk brauchte nur eine Hand, als wäre es eine Flunder.

Um den Schwimmgpool herum herrschte ängstliches Schweigen. Die Kinder starrten uns aus großen Augen an. «Kommt», sagte Hawk. «Gehen wir raus zu meinem Auto und reden dort.» Er ließ Powell neben dem Tisch auf den Boden sacken und schlenderte in Richtung Lobby, Susan und ich hinter ihm her. Am Empfang sahen wir den Manager aus seinem Büro stürzten und zur Terrasse eilen.

«Warum gehst du nicht aufs Zimmer», sagte ich zu Susan. «Ich komme gleich nach. Hawk will mir nur ein paar Tips für Nahkämpfe am Swimmingpool geben.»

«Ich bleibe bei dir», sagte Susan.

«Hawk öffnete die Tür seines Cadillacs. «Ist mir ein Vergnügen», sagte er lächelnd zu Susan. Mir war es im Grunde egal. Wenn Hawk einen Kampf gewollt hätte, hätte er sich dafür nicht das Kabriolett ausgesucht. Susan stieg ein, ich hinterher. Hawk ging um den Wagen herum, öffnete die Fahrertür und setzte sich hinters Lenkrad. Er drückte auf einen Knopf, und das Dach schloß sich geräuschlos. Hawk stellte die Klimaanlage ein. Ein blauweißer Streifenwagen hielt vor dem Motel, und zwei Polizisten gingen hinein.

«Fahren wir ein bißchen spazieren», sagte Hawk. Ich nickte, und der Wagen setzte sich sanft in Bewegung.

«Wo hast du ihn nur aufgelesen?» fragte ich.

«Wen, Powell? Oh, Mann, keine Ahnung. Er ist ein Großmaul aus dieser Gegend. Die Leute, die mich engagiert haben, sagten, ich soll mit ihm arbeiten.»

«Beunruhigt dich nicht, daß die Bullen ihn jetzt ausquetschen? Warum er sich mit einem Touristen geprügelt hat, und wer die schwarze Galionsfigur in der Gruppe war?»

Hawk schüttelte den Kopf. «Er ist zwar blöd, aber so blöd nun auch wieder nicht. Aus dem kriegen die nichts raus.»

Susan, zwischen uns beiden auf dem Vordersitz, fragte: «Was passiert jetzt eigentlich?»

Hawk lachte. «Gut gefragt, Susan. Ja, was passiert?»

«Mal sehn, ob ich raten kann», meinte ich. «Also, sagen wir, Harv Shepard schuldet jemandem Geld, wahrscheinlich King Powers. Und Hawk hat Order, die Schulden zu kassieren. Oder er soll vielleicht nur überwachen, daß ein Geschäft ordnungsgemäß abgewickelt wird, irgendwas in der Richtung. Hawk beherrscht diese Art von Arbeit aus dem Effeff», erklärte ich Susan. «Und dann tauche ich überraschenderweise auf der Bildfläche auf, und ich arbeite für Shepard. Hawk und sein Auftraggeber, wahrscheinlich King Powers, fragen sich, ob ich am Ende von Harv engagiert wurde, um Hawk abzuwimmeln. Also macht sich Hawk an mich ran und fragt mich nach meinen Verbindungen zu Shepard aus und rät mir, die Sache sein zu lassen.»

Der Caddie bewegte sich fast geräuschlos über den Cape-Highway Richtung Provincetown. «Stimmt's, Hawk?»

Er zuckte die Schultern. «Ich hab den Leuten, für die ich arbeite, zu erklären versucht, was für ein Bursche du bist. Ich mache mir nicht vor, dich einschüchtern oder bestechen zu können, aber meine Auftraggeber lassen dir sagen, sie würden für alle Verluste aufkommen, wenn du dich aus dem Fall zurückziehst.»

«Hawk», sagte ich. «Wir kennen uns schon so lange. Und ich hab nie rausbekommen, wieso du manchmal redest wie ein Generaldirektor und dann wieder wie ein Baumwollarbeiter mit Hilfsschulbildung.»

«Ach, das kommt von meiner Kindheit im Ghetto. Da schlägt manchmal noch was durch. Na, jedenfalls hab ich den Leuten gesagt, du würdest dich den Teufel darum scheren, was sie sagen, aber sie bezahlen mich dafür, daß ich mit dir rede, also rede ich mit dir. Was hast du mit Shepard zu tun?»

«Er hat mich engagiert, seine Frau zu suchen.»

«Das war alles?»

«Ja.»

«Hast du sie gefunden?»

«Ja.»

«Wo?»

«Das sag ich nicht.»

«Macht nichts. Shepard wird's mir sagen. Wenn ich's wissen muß.»

Ich schüttelte den Kopf. «Der weiß es auch nicht.»

«Hast du's ihm etwa verschwiegen?»

«Ja.»

«Wieso, Mann? Dafür hat er dich doch angeheuert.»

«Sie will nicht, daß er sie findet.»

«Mann, Spenser», sagte Hawk. «Du denkst zuviel nach, das macht dein Leben nur kompliziert.»

«Das ist ein Grund, warum wir uns unterscheiden, Hawk.»

«Kann sein. Kann aber auch sein, daß du mir viel ähnlicher bist, als du zugeben willst. Mit Ausnahme natürlich, daß du nicht so gut aussichst.»

«Stimmt. Aber dafür zieh ich mich besser an.»

«Mein Problem ist jetzt, ob ich dir glaube oder nicht», sagte Hawk. Wir hatten inzwischen gewendet und fuhren zurück nach Hyannis. «Irgendwie kommt mir die Sache ganz logisch vor. Das heißt, wenn man dich kennt. Du bist nun mal so gebaut. Arbeitest du noch für Shepard?»

«Nein, der gab mir den Laufpaß. Sagt, er will mich verklagen.»

«Ach, darüber würde ich mir keine großen Sorgen machen. Harv ist zur Zeit ziemlich beschäftigt.»

«Handelt es sich um Powers?»

«Vielleicht ja, vielleicht nein. Hältst du dich aus der Sache raus, Spenser?»

«Vielleicht ja, vielleicht nein.»

Hawk nickte. Wir fuhren schweigend weiter.

«Wer ist King Powers?» fragte Susan.

Ich erklärte es ihr. «Ein Dieb, Geldhyäne, Glücksspiel, Prostitution, Automaten und so weiter. In Boston, Brockton, Fall River, New Bedford.»

«Nicht mehr in Brockton», sagte Hawk. «Da hat jetzt Angie Degamo übernommen.»

«Hat der Powers verjagt?»

«Nee. Irgendne Abmachung. Ich war nicht beteiligt.»

«Jedenfalls», sagte ich zu Susan, «hast du jetzt ein Bild von Powers.»

«Und Sie arbeiten für ihn?» fragte sie Hawk.

«Manchmal.»

«Hawk ist freier Unternehmer», sagte ich. «Aber Powers versichert sich gern seiner guten Dienste.»

«Und welche Art guter Dienste hat Hawk zu bieten?»

«Dienst mit der Faust und mit der Waffe.»

«Ach, wissen Sie, ich selbst bezeichne mich eher als dienstbaren Geist. Oder nennen Sie mich meinetwegen einen Söldner.»

«Macht es Ihnen nichts aus, Leute für Geld zu drangsalieren?»

«Nicht mehr als ihm.» Hawk deutete mit dem Kopf auf mich.

«Aber ich glaube, er macht's nicht für Geld», sagte Susan.

«Und ebendarum sitze ich in 'ner goldenen Kutsche, und er fährt einen acht Jahre alten Schlitten mit Leukoplast auf den Sitzen.»

«Aber ...» Susan suchte nach der richtigen Formulierung. «Er will den Leuten helfen. Sie wollen ihnen weh tun.»

Hawk schüttelte den Kopf. «Stimmt nicht ganz. Vielleicht will er helfen. Aber er hat auch seinen Spaß an der Sache. Verstehen Sie, was ich meine? Wenn's ihm nur ums Helfen ginge, könnte er ja Sozialarbeiter sein. Ich hab keinen Spaß daran, Leuten die Knochen zu brechen. Manchmal läßt sich's halt nicht vermeiden. Aber glauben Sie nur nicht, daß der gute Spenser und ich so grundverschieden wären.»

Wir hielten wieder auf dem Motel-Parkplatz. Ich sagte: «Wenn ihr genug über mich diskutiert habt, wär da vielleicht noch was. Aber ich will euch nicht unterbrechen, es klingt sehr interessant.»

Susan schüttelte den Kopf.

«Okay», sagte ich. «Ich schenk dir jetzt reinen Wein ein, Hawk. Im Moment arbeite ich weder für Shepard noch für sonstjemand. Aber ich kann nicht einfach abhauen und Powers und dich machen lassen, was ihr vorhabt. Also werd ich hier noch 'ne Weile rumhängen und sehen, ob ich Shepard aus euren Händen kriegen kann.»

Hawk sah mich gelassen an. «Genau, was ich denen gesagt habe. Hab ihnen gesagt, genau das würdest du antworten, wenn ich zu dir ginge und mit dir redete. Aber die bezahlen mich eben. Werd hingehen und sagen, ich hätte recht gehabt. Schätze, das wird sie kaum beeindrucken.»

«Damit hab ich auch nicht gerechnet.»

Ich stieg aus und hielt Susan die Tür auf. Als sie draußen war, beugte sie sich noch mal in den Wagen. «Auf Wiedersehen, Hawk», sagte sie. «Ich weiß nicht, wie ich mich von Ihnen verabschieden soll. Daß ich mich gefreut hätte, Sie kennenzulernen, wäre wohl nicht der richtige Ausdruck. Aber jedenfalls vielen Dank für die nette Spazierfahrt.»

Hawk lächelte sie an. «War mir ein Vergnügen, Susan. Vielleicht sehen wir uns mal wieder.»

Ich schloß die Tür, und Hawk ließ den Cadillac aus der Parklücke gleiten, geräuschlos und geschmeidig, wie ein Hai in stillen Gewässern.

13. KAPITEL

Ich brauche einen Drink», sagte Susan.

Wir gingen in die Bar und setzten uns auf zwei freie Hocker. Susan bestellte einen Martini-Cocktail, ich ein Bier. «Was, Martini?» fragte ich.

Sie nickte. «Ich sagte doch, ich brauche einen Drink.» Sie trank das Glas auf einen Zug halb aus und sah mich an. «Wie groß ist der Unterschied?»

«Zwischen Hawk und mir?»

«Genau.»

«Ich weiß nicht. Ich schlage Leute nicht für Geld zusammen. Und morde nicht für Geld. Er schon.»

«Aber manchmal tust du's umsonst. Heute nachmittag zum Beispiel.»

«Powell?»

«Ja, Powell. Du mußtest dich nicht mit ihm prügeln. Du hast ihn systematisch gereizt.»

Ich zuckte die Schultern.

«Oder etwa nicht?»

Ich bestellte eine neue Runde. Schweigen.

«Willst du meine Frage nicht beantworten?» meinte sie schließlich.

«Warum ich Powell verprügelt hab?»

«Ja.»

«Das weiß ich selbst nicht so genau. Es reizte mich einfach, wie er da saß. Außerdem schien es mir in der gegebenen Situation das Richtige zu sein.»

«Um Hawk zu demonstrieren, daß du keine Angst hattest?»

«Nein. Glaub kaum, daß ich Hawk beeindrucken könnte, so oder so. Es war mehr eine unbewußte Handlung. Vieles, was ich tue, ist unbewußt. Du bist diejenige, die immer für alles den Grund wissen will.»

«Ist das nicht gegen die normale Lesart?» fragte Susan.

«Daß der Mann rational handelt und die Frau gefühlsbetont?»

«Genau das. Was mich interessiert: Hättest du genauso gehandelt, wenn ich nicht dabei gewesen wäre?»

«Du meinst, ich wollte nur vor dir angeben?» Der Barmann kam mit der dritten Runde. «Kann sein. Und du? Hättest du mit der Bierflasche draufgehauen, wenn ich in Bedrängnis gekommen wäre?»

«Du unerträglicher Egoist», meinte Susan. «Kommt dir gar nicht der Gedanke, daß ich die Bierflasche nur zur Selbstverteidigung brauchte?»

«So? Daran hab ich wirklich nicht gedacht. War das der Grund?»

«Nein. Und hör endlich mit deinem selbstzufriedenen Grinsen auf.» Sie nahm einen großen Schluck.

«Du hättest es also getan, weil ich ein toller Hecht bin.»

«Nein», sagte Susan. Sie sah mir plötzlich ernst in die Augen. «Ich hätte es getan, weil ich dich liebe.»

Schweigen.

Nach einer ganzen Weile sagte sie: «Üblicherweise lautet die Antwort eines Gentleman auf ein solches Geständnis: ‹Ich liebe dich auch.›» Jetzt sah sie mich nicht mehr an, sondern starrte auf die Olive in ihrem Cocktailglas.

«Suze», sagte ich, «müssen wir die Dinge denn verkomplizieren?»

«Kannst du nicht ab und zu mal die üblichen Dinge sagen?»

«Auf das ‹Ich liebe dich› kommt es doch nicht an. Sondern auf das, was sich daraus ergibt.»

«Du meinst die Ehe?»

«Wir kommen doch auch so gut miteinander aus, oder?»

«Nein. Wir leben nur im Augenblick, und das ist letzten Endes sinnlos. Wir riskieren nichts, also ist unsere Beziehung nicht echt.»

«Also heiraten? Und das soll eine Versicherungspolice sein? Viele verheiratete Leute hauen einfach ab. Zum Teufel, hab ich nicht gerade mit einer Frau zu tun gehabt, die ebendas gemacht hat?»

«Nach zweiundzwanzig Jahren», sagte Susan.

«Okay. Sie hat nicht beim ersten Schlamassel gleich das Handtuch geworfen. Aber ist der Unterschied so groß?»

«Nein», sagte Susan. «Aber die Zeremonie der Eheschließung ist das sichtbare Symbol für die Tiefe der Beziehung zwischen Mann und Frau.»

«Mit anderen Worten: Wir sollten heiraten?»

«Im Moment sage ich nur: Ich liebe dich. Und ich warte auf eine Antwort.»

«So einfach ist das nicht, Suze.»

«Und ich schätze, ich habe meine Antwort.» Sie stand auf und ging ohne ein weiteres Wort aus der Bar. Ich trank mein Bier aus, legte einen Zehner auf den Tresen und machte mich ebenfalls davon. Im Zimmer kein Zeichen von Susan, ebensowenig auf der Terrasse und in der Lobby. Auf dem Parkplatz suchte ich vergebens ihren kleinen blauen Chevy Nova. Ich ging ins Zimmer zurück. Ihr Koffer stand noch in der Ecke, die Kleider hingen im Schrank. Ohne die würde sie nicht nach Hause fahren. Ohne mich vielleicht, aber nicht ohne ihre Kleider. Ich setzte mich auf das Bett und starrte auf den roten Plastikstuhl gegenüber. Ein elegantes Stück Möbel. Ich war über vierzig und zu alt, um zu weinen. Auch zu groß und ein zu harter Kerl.

Weil ich ein so harter Kerl war, zog ich mir Sportzeug an und verbrachte die nächste Stunde schweißtriefend im Fitness-Center des Motels. Der Trainer wollte seinen Augen nicht trauen. Nachdem ich alle verfügbaren Einrichtungen malträtiert hatte, ließ ich mir Zwölf-Unzen-Handschuhe geben und zeigte dem Mann, wie ein Exprofiboxer mit dem Sandsack umgeht.

Völlig geschafft schleppte ich mich wieder in mein Zimmer. Nach einer langen kalten Dusche zog ich eine Hose und ein leichtes Hemd an. Auf der Kommode lag mein Revolver. «Scheiß drauf», sagte ich und ging unbewaffnet wieder in die Bar. Diesmal hielt ich mich nicht mit Bier auf und fing gleich beim Bourbon an.

14. KAPITEL

Am nächsten Morgen wachte ich um Viertel nach acht auf und fühlte mich wie ein mißglückter Selbstmord. Das zweite Bett war nicht benutzt worden. Zwanzig vor neun stand ich auf, nahm zwei Aspirin und eine Dusche. Eine gute halbe Stunde später stakste ich langsam zum Frühstücksraum, wo ich zwei Gläser Orangensaft und drei Tassen schwarzen Kaffee trank. Zehn vor zehn ging ich, immer noch steif, aber etwas schneller, in mein Zimmer zurück. Ich rief meinen Anrufbeantworterdienst in Boston an. In schlimmen Zeiten geben alte Gewohnheiten dem Leben manchmal wieder Fasson.

Pam Shepard hatte angerufen und würde sich noch mal melden, wurde mir ausgerichtet. «Sie sagte, es sei dringend, Spenser.»

«Danke, Lillian. Wenn sie wieder anruft, geben Sie ihr die Nummer hier.» Ich legte auf und wartete. Zehn Minuten später klingelte das Telefon.

«Spenser», meldete ich mich.

«Ich brauche Hilfe», sagte sie. «Ich muß mit Ihnen sprechen.»

«Dann sprechen Sie.»

«Nicht am Telefon. Ich muß Sie sehen. Ich habe Angst und weiß nicht, an wen ich mich sonst wenden soll.»

«Okay, ich komme in euer Haus in New Bedford.»

«Nein, da sind wir nicht mehr. Kennen Sie die Plimoth Plantation, das historische Freigelände?»

«Ja.»

«Dort werde ich mich mit Ihnen treffen. Gehen Sie die Hauptstraße entlang. Ich mache mich dann bemerkbar.»

«Gut, ich werde gleich losfahren. Sagen wir, gegen zwölf Uhr mittags?»

«Ja. Aber niemand darf mich entdecken. Passen Sie auf, daß Ihnen kein Mensch folgt, und sagen Sie niemandem, daß Sie zu mir fahren.»

«Wollen Sie mir nicht wenigstens andeuten, worum es geht?»

«Nein. Kommen Sie zur vereinbarten Stelle.»

«Ich werde da sein.»

Wir legten auf. Es war halb elf. Mehr als eine halbe Stunde würde ich bis Plimoth nicht brauchen. Susans Kleider hingen immer noch im Schrank, und ihr Make-up-Köfferchen stand im Bad. Sie mußte ungeheuer wütend gewesen sein, daß sie nicht einmal die Schminke mitgenommen hatte. Wahrscheinlich war sie in ein anderes Motel gegangen. Oder hatte ein anderes Zimmer im selben genommen. Vielleicht würde sie kommen, um ihre Sachen zu holen. Ich nahm einen Umschlag und ein Blatt Briefpapier vom Tisch und schrieb eine Mitteilung für Susan. Dann holte ich den Kosmetikkoffer aus dem Bad, stellte ihn auf den Tisch und lehnte den Umschlag dagegen. Ich setzte mich auf einen Stuhl neben der Badezimmertür.

Um dreizehn Minuten nach elf klopfte es leise. Ich stand schnell auf, ging ins Bad und versteckte mich hinter der halboffenen Tür. Noch ein Klopfen, wieder Pause. Dann drehte sich ein Schlüssel im Schloß. Durch den Spalt sah ich die Tür aufgehen. Susan kam herein. Mußte sich den zweiten Schlüssel beim Portier besorgt haben, wahrscheinlich unter dem Vorwand, sie hätte ihren verloren. Sie ging zum Tisch, wo der Umschlag war. Ich konnte sie nicht mehr sehen, aber ich hörte, wie sie ihn aufriß. Die Nachricht lautete: «Im Bad ist ein Ungeheuer versteckt. Erst der Kuß einer schönen Frau verwandelt das Biest wieder in den glorreichen Prinzen.» Ich kam aus dem Badezimmer. Susan legte den Zettel weg, drehte sich um und sah mich. Ohne die Miene zu verziehen, kam sie auf mich zu und gab mir einen leichten Kuß auf den Mund. Dann trat sie zurück und betrachtete mich von oben bis unten. Sie schüttelte den Kopf. «Hat nichts geholfen», sagte sie. «Du bist immer noch ein Ungeheuer.»

«Der Kuß war nicht intensiv genug. Um ein Ungeheuer in einen schönen Prinzen zu verwandeln, muß man sich mehr anstrengen.»

«Dann versuche ich es noch einmal.» Sie legte mir beide Arme um den Hals und küßte mich, was das Zeug hielt. Daraus entwickelte sich eine ganze Menge mehr.

Nach einiger Zeit fragte ich: «Willst du zur Plimoth Plantation fahren?»

Susan öffnete die Augen und sah mich an. «Meinetwegen, wohin du willst. Du bist zwar immer noch ein Ungeheuer, aber wenigstens mein Ungeheuer.»

«Ich liebe dich!» sagte ich.

Sie schloß wieder die Augen und legte ihren Kopf auf meine Brust. Nach einer Weile meinte sie: «Okay, schöner Prinz. Also auf nach Plimoth.»

Unsere Kleider lagen auf dem Boden verstreut. Als wir sie auseinandersortiert und angezogen hatten, war es Mittag. «Wir sind zu spät.»

«Ich hab so schnell gemacht, wie es ging», sagte Susan, die sich eben schminkte.

«Gut, getrödelt haben wir nicht. Eine halbe Stunde Verwandlungszeit vom Ungeheuer zum Prinzen, das kann man getrost einen Quickie nennen.»

«Du hast's ja ganz schön eilig, zur Plimoth Plantation zu kommen. Bei der Wahl zwischen Sinnesfreuden und historischem Anschauungsunterricht hätte ich von dir eine andere Entscheidung erwartet.»

«Ich muß dort jemanden treffen, und es erleichtert die Sache womöglich, wenn du dabei bist. Hinterher können wir die Entscheidung ja noch mal überprüfen.»

«Ich bin bereit», sagte sie. Wir gingen zu meinem Wagen. Auf der Route 3 nach Plimoth berichtete ich Susan das wenige, was ich selbst wußte.

Sie meinte: «Wird sie nicht durchdrehen, wenn ich mit dir auftauche? Sie hat extra gesagt, du sollst allein kommen.»

«Wir gehen nicht zusammen rein. Wenn ich sie gefunden habe, erkläre ich ihr, wer du bist, und mache euch bekannt. Warst du schon mal in der Plantation?»

Sie nickte.

«Also, dann geh einfach ein Stück vor mir die Hauptstraße entlang und warte irgendwo, bis ich nach dir rufe.»

«Das Los der Frauen», stellte sie fest.

Ich stöhnte nur. Ein Wegweiser deutete auf die Abzweigung nach Plimoth hin. Die Straße wand sich zwischen Wiesen hindurch zu einer Piniengruppe. Dahinter waren ein Parkplatz und eine Hütte, wo Billetts verkauft wurden. Ich stellte den Wagen ab. Susan ging voraus, kaufte ein Tikket und ging durch das Tor in die historische Siedlung. Als sie außer Sichtweite war, tat ich es ihr nach. Zuerst kam ein Haus mit einem Andenkenladen, einem Imbißraum und einem Informationsschalter. Ich ging über den Weg zwischen den hohen Pinien zur Plantage selbst. Seit ich ein paar Jahre zuvor Samuel Eliot Morisons großes Buch über amerikanische Geschichte gelesen hatte, war ich häufiger auf die Suche nach den Zeugen unserer Vorfahren gegangen. Neben Williamsburg und Sturbridge gehört die Plimoth Plantation zu meinen Lieblingsstätten aus der Kolonialzeit.

Ich kam am Verwaltungsgebäude vorbei, sah vor mir das Blockhaus aus dunklem Holz und die eingezäunte kleine Stadt, dahinter das Meer. Das ganze Gelände war von Wald umgeben, und wenn man achtgab, brauchte man sich an keinem Anzeichen des zwanzigsten Jahrhunderts zu stoßen. Sah man allerdings genauer hin, gab es Bert's Restaurant am Strand und ein großes modernes Motel. Doch für einen Moment gelang es mir, wie stets, mich in das Amerika des siebzehnten Jahrhunderts zurückzuversetzen, und ich war einer aus einer Handvoll christlicher Siedler inmitten der ungeheuren Wälder.

Ich erspähte Susan auf dem Dach des Blockhauses. Das brachte mich in die Gegenwart zurück. Ich ging den Hügel hinauf und in das restaurierte Siedlerdorf. Die einzige Straße führte hinab zum Meer. An beiden Seiten waren strohgedeckte kleine Häuser, Gärten, ein paar Haustiere,

Leute in historischen Kostümen, viele Kinder und Kodak-Instamatics. Ich schritt langsam die Straße entlang. Pam Shepard sollte genügend Zeit haben, mich ausfindig zu machen und sich abzusichern, daß mir niemand folgte. Am Ende der Straße kehrte ich um und ging zurück. Als ich am Haus von Myles Standish vorbeikam, tauchte Pam in der Tür auf. Sie trug eine riesenhafte Sonnenbrille. Ich blieb nicht stehen, und Pam fiel in meinen Schritt ein.

«Sind Sie allein?»

«Nein. Ich hab jemanden dabei. Eine Frau.» Letzteres zu erwähnen schien mir wichtig.

«Warum?»

«Offensichtlich sind Sie in Schwierigkeiten. Vielleicht kann sie helfen. Sie ist meine Freundin, ein prima Kerl. Und ich hab den Eindruck, daß Sie im Moment nicht gerade auf Männer stehen.»

«Kann ich ihr trauen?»

«Ja.»

«Und Ihnen?»

«Auch.»

«Sie würden es mir wohl auch kaum sagen, wenn es nicht so wäre, oder?» Sie trug ausgeblichene Jeans und eine helle Jacke über einem bunten T-Shirt und sah wie letztesmal so aus, als käme sie direkt aus der Dusche und vom Schminktisch.

«Kommen Sie, ich mache Sie mit meiner Freundin bekannt. Dann setzen wir uns irgendwo hin und bereden, was Sie auf dem Herzen haben.»

Sie holte tief Luft, sah sich noch einmal mißtrauisch um, sagte dann: «Okay, aber niemand darf mich sehen.»

«Was heißt das: Niemand darf Sie sehen?»

«Niemand, der mich erkennen kann.»

«Okay, holen wir Susan.» Ich ging zu dem Blockhaus. Pam Shepard hielt sich dicht hinter mir, als wollte sie sich in meinem Schatten verkriechen. Susan Silverman wartete auf uns. Ich nickte ihr zu, und sie lächelte.

«Pam Shepard», stellte ich vor. «Susan Silverman.» Susan streckte die Hand aus.

«Hallo, Susan», sagte Pam.

«Kommt, wir gehen zum Auto», sagte ich.

Im Wagen erkundigte sich Pam: «Sind Sie auch Detektiv, Susan?»

«Nein, ich arbeite in der Smithfield High School.»

«Wirklich? Das muß interessant sein.»

«Ja, und manchmal anstrengend.»

«Ich hab nie gearbeitet», stellte Pam fest. «War immer nur zu Hause bei den Kindern.»

«Dazu hatte ich nun wieder keine Gelegenheit.»

«Sind Sie nicht verheiratet?»

«Nicht mehr. Bin seit längerer Zeit geschieden.»

«Kinder?»

Susan schüttelte den Kopf. Ich parkte vor Bert's Restaurant.

«Hier sind wir sicher. Sieht nicht so aus, als ob die Leute von Cape Cod hier rüberkämen, um Mittag zu essen.»

Bert's Restaurant hatte Meeresblick. Es war hell und gemütlich und nicht allzu voll. Wir setzten uns ans Fenster und sahen auf die Wellen.

Die Kellnerin brachte unsere Drinks und nahm die Bestellung für das Essen auf. Ich trank von meinem Heineken. «Also, Mrs. Shepard, was liegt an?»

Pam sah sich ängstlich um. Niemand saß in der Nähe. Sie nippte an ihrem Cocktail. «Ich ... ich bin in eine schlimme Sache verwickelt. In ... in einen Mord.»

Ich nickte. Susan saß still da, die Hände im Schoß gefaltet.

«Wir ... da war ...» Sie nahm noch einen Schluck. «Wir haben eine Bank überfallen, in New Bedford ... und der Wächter, ein alter Mann mit ganz rotem Gesicht, er ... Jane hat auf ihn geschossen, und er ist tot.»

Es herrschte offensichtlich Ebbe. Die Flutlinie, markiert durch Seetang und kleine Treibholzstücke, verlief kurz unterhalb des Restaurants.

«Welche Bank?» fragte ich.

«Die Bristol Security. In der Kempton Street.»

«Wurden Sie identifiziert?»

«Ich weiß nicht. Ich trug die Sonnenbrille hier.»

«So? Dann nehmen Sie das Ding sofort ab.»

«Aber ...»

«Nehmen Sie die Brille ab, sage ich. Sie ist keine Maskierung mehr, sondern im Gegenteil ein Erkennungsmerkmal.»

Sie nahm die Sonnenbrille schnell vom Gesicht und wollte sie in ihre Handtasche stecken.

«Nicht in Ihre Tasche, geben Sie her.» Ich nahm die Brille und gab sie Susan, die sie wegsteckte. «Wir werden sie nachher wegwerfen.»

«Ich hab nie gedacht ...»

«Nein, wahrscheinlich sind Sie in Dingen wie Raubüberfall und Mord noch nicht so erfahren. Aber das kommt mit der Zeit.»

«Spenser!» sagte Susan.

«Ich weiß, tut mir leid.»

«Ich hatte doch keine Ahnung», sagte Pam, «keine Ahnung, daß Jane wirklich schießen würde. Ich bin nur mitgegangen. Ich dachte, ich müßte das, verstehen Sie ... Die hatten mir schließlich geholfen … mich aufgenommen … Ich fühlte mich einfach verpflichtet.»

Susan nickte verständnisvoll. «Und da glaubten Sie, nun müßten Sie denen auch helfen. Jeder hätte so gedacht.»

Die Kellnerin brachte das Essen. Krabbensalat für Susan, gedünsteten Hummer für Pam und für mich, was auf der Karte als «Fischerteller» bezeichnet war. Es sah nicht einmal schlecht aus. Ich bestellte noch ein Bier.

«Was war der Grund für den Bankraub?» fragte Susan.

«Wir brauchten Geld für Waffen.»

«Du lieber Himmel!» sagte ich.

«Rose und Jane organisieren … ach, ich dürfte Ihnen das gar nicht sagen.»

«Baby», sagte ich. «Sie sagen mir jetzt alles, was Ihnen überhaupt einfällt, wenn Sie wollen, daß ich Ihren hübschen Hintern aus der Sache rausziehe.»

Susan sah mich strafend an.

«Seien Sie nicht so wütend auf mich», sagte Pam.

«Quatsch. Soll ich Ihnen Blumen bringen als Belohnung für Diebstahl und Mord? Hoffentlich hatte der alte Mann nicht eine alte Frau, die ohne ihn nicht auskommen kann. Aber Sie können sie ja befreien, wenn Sie erst mal die Waffen haben.»

«Spenser, das genügt», sagte Susan energisch. «Sie leidet schon genug.»

«Verdammt, ganz und gar nicht. Sie leidet nicht annähernd genug.» Ich starrte Pam Shepard an. «Wie war das denn? Dachten Sie, das wäre eine Art Theaterprobe, als Sie in die Bank stürmten?»

Über Pams Gesicht liefen jetzt die Tränen. Susan sah mich grimmig an, aber sie blieb ruhig.

«So», stellte ich fest. «Das ist jetzt hoffentlich ein für allemal klar. Pam Shepard, Sie haben ein ebenso idiotisches wie verabscheuungswürdiges Verbrechen begangen, und ich werde versuchen, Sie vor den Folgen zu bewahren. Aber wir vergessen ganz schnell die Himbeersoße: wer wem helfen mußte und daß man Geheimnisse nicht verraten darf, verstanden?»

«Spenser!» sagte Susan zwischen zusammengebissenen Zähnen.

Ich trank Bier und aß eine Muschel. «Also, nun fangen Sie von vorn an und berichten Sie alles.»

«Werden Sie mir denn helfen?» fragte Pam Shepard.

«Ja.»

Sie trocknete die Augen mit der Serviette ab. «Rose und Jane organisieren eine Frauenbewegung. Sie sagen, wir müssen unsere Passivität überwinden und alle Schwestern aufrütteln, unserem Beispiel zu folgen. Ich glaube, sie wollen ihre Bewegung an den Black Panthers ausrichten, und darum brauchten wir Waffen. Rose sagt, wir brauchen die Waffen nicht zu benutzen. Aber sie nur zu besitzen macht einen großen psychologischen Vorteil aus. Wir stellen dann eine Macht dar und bedrohen die bestehenden Mächte, wie Jane sagt, sogar die Macht des Phallus.»

«Die Macht des Phallus?» Ich wollte es genau wissen.

Sie nickte.

«Nur weiter», sagte ich.

«Also besprachen sie alles, und dann kamen noch andere Frauen dazu, und wir hatten eine Versammlung und beschlossen, wir müßten entweder die Waffen stehlen oder das Geld, um Waffen zu kaufen. Jane hatte einen Revolver, aber das war alles. Rose sagte, es wäre leichter, Geld als Waffen zu stehlen, und Jane sagte, das wäre überhaupt ein Kinderspiel, weil Banken ihre Angestellten immer anweisen, Räubern keinen Widerstand entgegenzusetzen. Die wären ja auch alle versichert, und es wäre ihnen vollkommen egal. Also sollten wir eine Bank überfallen.»

Ich verbiß mir einen Kommentar. Pam schien das Interesse an ihrem gedünsteten Hummer verloren zu haben.

«Dann sagten Rose und Jane also, sie würden's machen. Und ich ... ich ... ich weiß nicht, wie es genau kam, aber plötzlich hatte ich gesagt, ich würde mitgehen. Und Jane sagte, das wäre großartig und bewiese, daß ich voll in die Frauenbewegung integriert wäre. Rose meinte, eine Bank wäre das Symbol schlechthin für männliche kapitalistische Unterdrückung. Und eine der anderen Frauen, ich weiß ihren Namen nicht, eine Schwarze jedenfalls, sagte, der Kapitalismus an sich wäre maskulin und außerdem rassistisch, also wäre die Bank ein ideales Angriffsziel. Und ich ... ich hab gesagt, ich wollte gern mitgehen.»

«Eine Art Weihe», sagte ich.

Susan nickte. Pam zuckte die Schultern. «Kann sein, ich weiß nicht. Jedenfalls, wir gingen hin, und Jane und Rose und ich, wir trugen alle Sonnenbrillen und große Hüte, und Jane hatte den Revolver.»

«Jane hat immer den ganzen Spaß», sagte ich. Susan sah mich böse an. Pam Shepard nahm keine Notiz.

«Also, wir gingen rein, und Rose und Jane gingen zum Schalter. Ich blieb an der Tür, als Wachtposten ... Und Rose gab dem Mädchen, der Frau hinter dem Schalter, einen Zettel, und Jane zeigte den Revolver vor. Die Frau tat, was auf dem Zettel stand. Sie nahm alles Geld aus dem Fach und stopfte es in eine Tasche, die Rose ihr gegeben hatte. Und wir gingen gerade, als der dumme alte Mann versuchte, uns aufzuhalten. Warum hat er das nur getan? Wie konnte er dieses Risiko eingehen?»

«Vielleicht hielt er es für seine Pflicht.»

Sie schüttelte den Kopf. «Ein dummer alter Mann, uns aufhalten zu wollen. Ich meine, er hat doch gesehen, daß Jane einen Revolver hatte. Und es war doch nicht sein Geld.»

«Womöglich war es für ihn eine Art Ehrensache», sagte ich. «Weil er dafür bezahlt wurde, die Bank zu schützen.»

Sie schüttelte den Kopf. «Unsinn, das ist wieder so ein Macho-Ding, das nur dazu führt, daß Menschen umkommen. Das Leben ist doch kein John-Wayne-Film.»

«Kann sein. Aber es war kein Macho-Ding, das den Alten das Leben kostete. Jane hat ihn ermordet.»

«Aber das mußte sie doch. Sie kämpfte für eine Sache. Für die Freiheit. Und nicht nur für die der Frauen, sondern auch für die der Männer. Freiheit von den Machismo-Konventionen, für euch wie für uns.»

«Also tapfer voranmarschiert», sagte ich. «Über die Leiche des alten Mannes.»

Susan warf ein: «Was geschah, nachdem Jane den Wächter erschossen hatte?»

«Wir liefen weg. Eine andere Frau, Grace Sowieso, ihren Nachnamen hab ich nie gewußt, wartete in ihrem VW-Bus auf uns, und wir fuhren zurück zum Haus.»

«Zu dem in der Center Street?» fragte ich.

Sie nickte. «Und dort beschlossen wir, es wäre besser, uns vorerst zu trennen. Wir konnten nicht dableiben, denn vielleicht würden sie uns durch die Kameras identifizieren. Rose hat in der Bank zwei Kameras entdeckt. Ich wußte nicht, wohin ich sollte, und da lief ich zur Busstation in New Bedford und nahm den ersten, der ging. Er fuhr nach Plimoth. Hier war ich früher schon mal gewesen, als die Kinder noch kleiner waren. Also stieg ich aus und lief hierher, in die Plantation. Und weil ich nicht wußte, was ich tun sollte, ging ich in die Snackbar, und da zählte ich erst mal, wieviel Geld ich hatte, das meiste von Ihren hundert Dollar war noch da. Dabei fand ich in der Brieftasche Ihre Karte, und ich rief Sie an.» Sie unterbrach sich und starrte aus dem Fenster. «Um ein Haar hätte ich meinen Mann angerufen. Aber das hätte bedeutet, wie ein Hund mit eingezogenem Schwanz nach Hause zu schleichen. Ich ... ich hab dreimal wieder aufgelegt, als ich Ihre Nummer wählte. Mußte es denn ausgerechnet ein Mann sein, der mir helfen sollte? Aber ich hatte sonst niemanden und wußte nicht, wohin ich gehen konnte, also rief ich Sie schließlich doch an.»

Sie sah immer noch aus dem Fenster. «Und als ich das getan hatte, lief ich die Dorfstraße auf und ab und mußte immer wieder denken: Hier bin ich, eine Frau von dreiundvierzig Jahren, und im größten Schlamassel meines Lebens, und ich habe niemanden, an den ich mich wenden kann, niemand anders als einen Mann, den ich erst einmal gesehen hab, den ich nicht mal richtig kenne. Niemanden auf der ganzen Welt.» Sie weinte jetzt, und ihre Stimme versagte mehrmals beim Sprechen. Das Gesicht hielt sie zum Fenster gewandt, damit man es nicht sehen konnte. Die Tide war inzwischen weiter abgelaufen, Felsen kamen aus dem Wasser zum Vorschein. Obwohl es früher Nachmittag war, sah der Himmel dunkel aus. Regen klatschte gegen die Panorascheiben des Restaurants. «Und Sie halten mich für eine Verrückte», schluchzte Pam Shepard. «Und das schlimme ist, ich bin auch eine.»

Susan legte ihr den Arm um die Schulter. «Ich glaube, ich weiß, was Sie fühlen», sagte sie. «Aber er ist die Art von Mann, der Sie aus dem Dreck holen kann. Das ist sein Job, eine Sache, auf die er sich versteht, andere eben nicht. Sie haben richtig gehandelt, ihn anzurufen. Er bekommt Sie da raus. Und er hält Sie auch nicht für verrückt. Er ist schlecht gelaunt wegen anderer Sachen. Böse auf mich und wütend auf sich selbst. Und er hat es an Ihnen ausgelassen. Aber keine Angst, er wird Ihnen helfen.»

«Kann er den alten Mann wieder zum Leben bringen?»

«Wir arbeiten nicht auf diese Art», sagte ich. «Wir sehen uns nicht um und heulen über das, was hätte sein können. Wir müssen uns mit den Dingen abfinden, sie nehmen, wie sie kommen. Und an das Nächstliegende denken. Zuerst mal brauchen Sie einen Unterschlupf. Hier in der Plantation können Sie schließlich nicht bleiben. Mein Apartment in Boston steht leer, weil ich am Cape noch zu tun habe. Da können Sie rein. Kommen Sie, wir brechen gleich auf.» Ich winkte der Kellnerin. «Suze, geh mit Pam zum Wagen. Ich zahle hier.»

«Ich hab Geld», sagte Pam Shepard.

Ich schüttelte den Kopf. Susan und Pam standen auf und verließen das Restaurant. Die Kellnerin kam. Ich bezahlte und gab ihr ein Trinkgeld, nicht zuviel und nicht zuwenig. Sie sollte keinen Grund haben, sich an uns zu erinnern. Dann ging ich den beiden nach.

15. KAPITEL

Die Fahrt von Plimoth nach Boston dauert fünfundvierzig Minuten, und der Verkehr war am frühen Nachmittag nicht sehr dicht. Um drei Uhr fünfzehn hielten wir vor meinem Apartment in der Marlborough Street. Unterwegs hatte ich aus Pam nichts Wesentliches mehr herausquetschen können. Sie wußte nicht, wo sich Rose und Jane aufhielten. Sie wußte nicht, wie sie die beiden finden sollte. Sie wußte nicht, wer das Geld hatte, glaubte aber, Rose hätte es. Sie hatten vereinbart, falls sie getrennt würden, eine Annonce in der *New Bedford Standard Times* aufzugeben. Sie hatte keine Ahnung, wie und wo Rose und Jane an die Waffen kommen wollten. Sie hatte keine Ahnung, ob die beiden überhaupt einen Waffenschein besaßen oder auch nur einen Waffenerwerbsschein.

«Kann man Waffen nicht einfach irgendwo kaufen?» fragte sie.

«Hier in diesem Bundesstaat auf keinen Fall.»

Sie wußte auch nicht, welche Art Waffen die beiden im Sinn hatten. Und sie kannte in Wahrheit kaum den Unterschied zwischen Handfeuerwaffen, Gewehren, Maschinenpistolen. Ebensowenig kannte sie die Namen irgendwelcher Mitglieder der Gruppe, außer denen von Rose, Jane und Grace, und überhaupt nur einen Nachnamen: Alexander.

«Wirklich ein Fall, in dem ich mich festbeißen kann», stellte ich fest. «So gut wie keine Anhaltspunkte. Welcher Text wurde für die Annonce vereinbart?»

«Nur: ‹Schwestern, ruft ... an›. Dann die Telefonnummer und den jeweiligen Vornamen.»

Wir stiegen aus. Pam rief: «Was für eine hübsche Gegend! Gleich neben dem Park!»

Wir gingen zu meiner Wohnung im zweiten Stock. Ich schloß auf.

Pam war wieder äußerst angetan. «Oh, sehr gemütlich. Und so gut aufgeräumt. Ich dachte immer, in Junggesellenbuden lägen überall die Socken rum.»

«Zweimal die Woche kommt eine Raumpflegerin.»

«Wer hat denn die Holzschnitzereien gemacht?»

«Zweimal die Woche kommt ein Holzschnitzer.»

«Hören Sie nicht auf den Quatsch», sagte Susan. «Er schnitzt die Dinger selbst.»

«Interessant. Und die vielen Bücher. Haben Sie die alle wirklich gelesen?»

«Die meisten. Übrigens, die Küche ist hier. Der Vorrat an Lebensmitteln dürfte erst mal reichen.»

«Und der Alkoholvorrat», ergänzte Susan.

«Stimmt. Wenn das Essen ausgeht, können Sie sich einen schönen flüssigen Tod bereiten.»

Ich öffnete den Kühlschrank und holte eine Flasche Amstel-Bier heraus. «Wollt ihr einen Drink?» Beide schüttelten den Kopf.

«Brot, Käse und Eier sind im Kühlschrank und eine ganze Menge Fleisch im Tiefkühlfach. Der Kaffee steht hier im Schrank. Außerdem Erdnußbutter, Reis, Tomatenkonserven, Mehl und so weiter. Gemüse und anderes Frischzeug können wir Ihnen nachher besorgen. Am besten, Sie machen eine Liste mit allem, was Sie brauchen.»

Als nächstes zeigte ich ihr das Schlafzimmer. «Das Bett ist frisch bezogen, die Frau hat die Laken gestern gewechselt. Aber Sie brauchen Sachen zum Anziehen und so was.» Sie nickte. «Machen Sie doch eine Liste mit Lebensmitteln, Kleidern, Toilettenartikeln und allem anderen, und Suze und ich holen es dann.» Ich gab ihr einen Block mit Bleistift, und sie setzte sich an den Küchentisch. Während sie schrieb, gab ich ihr Verhaltensmaßregeln. «Wenn wir wegfahren, bleiben Sie hier in der Wohnung. Gehen Sie nicht an die Tür, wenn's klingelt. Suze und ich haben einen Schlüssel, sonst niemand. Also brauchen Sie uns nicht aufzumachen, und sonst hat niemand einen legitimen Grund hierherzukommen. Gehen Sie vor allem nicht raus.»

«Was wollen Sie unternehmen?» fragte sie.

«Weiß ich noch nicht. Werd erst mal gründlich nachdenken müssen.»

«Ich glaube, ich möchte jetzt doch einen Drink.»

«Okay. Scotch und Wasser?»

«Gern.»

Ich bereitete ihr eine kräftige Mischung, und sie trank, während ihre Liste größer wurde.

Schließlich gab sie mir den Zettel und bot mir zugleich ihr Geld an.

«Nein, das brauchen Sie vielleicht noch. Ich schreib alles auf, und wenn die Sache ausgestanden ist, bekommen Sie eine Rechnung.»

Sie nickte.

«Wenn Sie noch Scotch haben wollen – Sie wissen ja, wo er steht.»

Susan und ich gingen einkaufen. Wir teilten uns die Aufgabe. Ich übernahm die Lebensmittel, sie Kleider und Toilettenartikel. Natürlich war ich eher fertig. Auf dem Platz des Einkaufszentrums wartete ich an der komischen Statue, von der ich nie herausbekommen konnte, ob sie Atlas, Prometheus oder sonstwen darstellen soll. Nach einer Weile wurde ich müde, Atlas, Prometheus oder sonstwen anzustarren, und beobachtete statt dessen die Passanten. Ich sah gerade einer schlanken Blondine nach, als Susan mit mehreren bunten Einkaufstüten unter dem Arm auftauchte.

«War das eine Verdächtige?» fragte sie.

«Du weißt doch, ich bin ein lizenzierter Hüter von Gesetz und Ordnung. Ich hab nur geprüft, ob ihre Shorts die vorgeschriebene Länge haben.»

«Haben sie?»

«Nein.» Ich nahm meine Tüten und ein paar von Susan,

und wir gingen zum Wagen. Zu Hause saß Pam Shepard am Fenster und sah auf die Marlborough Street runter. Sonst hatte sich nicht viel geändert, womöglich hatte sie ihren Drink aufgefrischt.

Es war mittlerweile fünf Uhr. Susan setzte sich zu Pam, ebenfalls mit einem Drink versehen, und ich ging in die Küche. Dort panierte ich Lammkoteletts, briet sie goldbraun, mixte einen Salat, röstete kleine Kartoffeln. Aus dem Fett in der Bratpfanne rührte ich mit etwas Chablis und Minze eine Soße zusammen. Zum Essen servierte ich kalifornischen Burgunder in einer großen Flasche. Pam sagte, es schmeckte ausgezeichnet, und ich wäre ein hervorragender Koch.

«Ich selbst hab nie gern gekocht», fügte sie hinzu. «Als Kind wollte meine Mutter mich nicht in der Küche haben, sie sagte, ich würde mich nur schmutzig machen. Und als ich heiratete, hatte ich demnach keine Ahnung vom Kochen.»

«Viel brachte ich auf dem Gebiet auch nicht zustande, als ich verheiratet war», sagte Susan.

«Harv brachte es mir bei», fuhr Pam fort. «Ich glaube, er kochte sehr gern, aber ...» Sie zuckte die Schultern. «Das war eben die Ausgabe der Hausfrau. Also hatte ich zu kochen ... Die Rollen sind verteilt. Aber ich weiß, ich war in einer Ecke gelandet, in die ich gar nicht wollte.» Sie hatte ausgetrunken und hielt mir ihr Glas hin. Also doch nicht voll emanzipiert. Hätte sie sich sonst nicht selbst eingießen müssen? Vielleicht war aber auch die Zweiliterflasche zu schwer. Ich füllte ihr Glas. Sie sah auf den leuchtend roten Wein. «Und Harvey auch», sagte sie schließlich.

«Auch in einer Ecke?» meinte Susan.

«Ja. Er landete in der Ecke des Erfolgsmenschen.»

«Geld?» fragte Susan.

«Nein, nicht wirklich, jedenfalls nicht als Ziel. Es war eher, daß er eine wichtige Figur sein wollte, jemand, der zählte, der wußte, was lief. Ein Macher und eine Art Beweger. Ich glaub nicht, daß er sich in Wahrheit sehr viel aus Geld machte, außer als Symbol dafür, daß er selbst ganz oben saß. Ergibt das einen Sinn?» Sie sah mich an.

«Ja, ich glaube schon.»

«Sind Sie auch so?»

Ich zuckte die Schultern. Susan antwortete für mich. «Ja, er ist auch so, auf eine besondere Art.»

«Soll ich jetzt als Untersuchungsobjekt herhalten?» sagte ich.

Susan ließ sich nicht beirren. Sie sah mich an. «Ich glaube, du hast dich selbst heute morgen ganz gut beschrieben.»

«Bevor oder nachdem du mich mit leidenschaftlichen Küssen fast erstickt hast?»

«Vorher, lange vorher.»

«Aha.»

«Warum machen Sie nicht mit in dem großen Rennen?» fragte Pam. «Jagd nach Erfolg, wichtig sein, möglichst ein Star innerhalb Ihrer Umwelt, alles das, dem Harvey und seine Freunde hinterherhetzen?»

«Ich weiß nicht. So einfach kann man das nicht beantworten. Ich müßte dann schon, so pathetisch es klingt, über Integrität und Selbstachtung reden, alles Sachen, die Sie selbst John-Wayne-Filmen zuordnen. Wie Ehre zum Beispiel. Auf meine Art hänge ich an der Ehre und versuche mir da treu zu bleiben. Ich weiß, das hört sich blöd an, und ich finde es auch blöd, darüber reden zu müssen. Aber so ist es nun einmal. Ich glaube daran. Und ich hab lange gebraucht, mich dahin zu bringen, daß ich auch danach leben konnte. Nach meinen eigenen Regeln und Lebensgesetzen.»

«Ich glaube wirklich, Sie haben alle die Bücher gelesen», meinte Pam.

Aber Susan gab mich so leicht nicht frei. «Trotzdem läßt du dich immer wieder in das Leben anderer Leute und deren Probleme verwickeln. Ist das die stille Philosophenecke, von der du offenbar träumst?»

«Es ist halt mein Job.»

«Ist denn Ihr Job nicht gefährlich?» fragte Pam.

«Manchmal.»

«Und das liebt er besonders daran», sagte Susan. «Irgendwie hat er's mit dem Image des harten Burschen. Er würde es nicht zugeben, nicht mal vor sich selbst, aber hinter der Hälfte von allem, was er tut, steckt das Kämpfer-Image. Er gegen den anderen, wer ist der Bessere? Das ist auch ein ständiger Wettkampf.»

«Stimmt das?» fragte mich Pam.

«Kann sein, das gehört zum Job.»

«Aber den hast du dir ausgesucht», sagte Susan.

«Und es ist ein Job, der mir das Auswählen erlaubt.»

«Und trotzdem hat er dich von vielen Dingen abgeschnitten. Zum Beispiel Familie, Heim, Ehe.»

«Vielleicht.»

«Nicht vielleicht. Sondern bestimmt. Im Grunde geht es dir um die Autonomie. Du bist der autonomste Mensch, dem ich jemals begegnet bin, und da läßt du nichts ran. Manchmal glaube ich, deine ganzen Muskelpakete, die du so sorgfältig konservierst, sind nur eine Rüstung, ein Schutzschild, hinter dem du dich verkriechen und mit dir allein sein kannst. Der vollkommen integre, autonome Mann, sicher vor jeder Anfechtung, sogar vor der Liebe.»

«Sind wir nicht ein ganz schönes Stück von Harvey Shepard weggekommen, Suze?» Ich hatte das Gefühl, dringend frische Luft zu brauchen.

«Nicht so weit, wie du denkst», sagte Susan. «Ein Grund, daß du nicht in derselben Ecke stehst wie Pams Mann, ist der: Er ist das Risiko eingegangen. Hat geheiratet, sich Kinder zugelegt. Er riskierte die Liebe, eine wirkliche Beziehung und den Kompromiß, den es dafür braucht.»

«Aber ich glaube kaum, daß Harvey seine ganzen Lasten für uns auf sich genommen hat, Susan», sagte Pam. «Er arbeitete nicht für seine Familie.»

Ich bezog die Mittelposition. «So leicht kann man das wahrscheinlich nicht trennen. Arbeit für sich, Arbeit für uns.»

«Ach, verdammt, ich weiß ja selbst nicht», sagte Pam. «Ich weiß nicht mal mehr genau, wovon wir reden. Ich weiß nur, es ist schiefgegangen. Nichts hat hingehauen, mit Harvey nicht, mit den Kindern, mit mir, mit dem Älterwerden, gar nichts.»

Ich nickte. «Ich weiß, meine Liebe. Aber wir sind ja gerade dabei, das zu ändern.»

Sie fing an zu weinen.

16. KAPITEL

Pam schluchzte hemmungslos, und mir fiel nichts mehr ein. Also räumte ich den Tisch ab und hoffte, daß Susan etwas einfiel. Auch Fehlanzeige.

Als wir weggingen, schniefte Pam immer noch und hatte rotgeweinte Augen. Angesichts der fortgeschrittenen

Stunde lud mich Susan ein, bei ihr in Smithfield zu übernachten.

Ich akzeptierte und fand das einigermaßen großzügig von mir, nachdem sie mich so in die Mangel genommen hatte.

«Arbeitest du neuerdings auch in militanten Frauenbewegungen?» fragte ich sie, als wir losfuhren.

Sie schüttelte den Kopf. «Ich weiß selbst nicht, warum ich so bissig bin.»

«Bissig würde ich das nicht nennen. Eher zäh. Von dir geht in letzter Zeit ein ständiger Druck auf mich aus. Du hast eine ganz besondere Art entwickelt, mich zur Selbstanalyse zu zwingen.»

«Und du kannst zähe Weiber nicht ausstehen, was?»

«Fang nicht schon wieder an, und sei vor allem nicht so verdammt empfindlich. Du weißt, daß ich nicht das übliche Klischee meine. Ich kümmere mich einen Dreck um die Rollenverteilung und wer was tun darf und was nicht.»

«Stimmt», sagte sie. «Ich bin in letzter Zeit etwas sensibel bei dem Thema.»

«Welchem Thema? Ich hab immer das Gefühl, die Spielregeln zu kennen, nur das Spiel nicht.»

«Das Verhältnis zwischen Mann und Frau, darum geht es doch wohl.»

«Zwischen Mann und Frau im allgemeinen oder nur zwischen uns beiden?»

«Eins wie das andere.»

»Großartig, Suze, wir kommen der Sache immer näher.»

«Mach dich bitte nicht lustig. Ich glaube einfach, wenn man eine Frau ist und im mittleren Alter, muß man sich über Feminismus Gedanken machen. Oder, wenn du so willst: über die Rechte der Frau und die Männer als ihre Gegenspieler. Und das hat natürlich auch was mit dir und mir zu tun. Wir hängen irgendwie aneinander, sehen uns regelmäßig, das geht immer so weiter, und nichts Wirkliches entwickelt sich daraus. Es kommt mir alles so richtungslos vor.»

«Aha. Du meinst also die heilige Ehe?»

«Ich weiß nicht. Mein Gott, denke und fühle ich wirklich so konventionell?»

Wir schwiegen. Erst als wir über die Brücke gefahren waren, sagte sie wieder etwas. «Was sind wir eigentlich, als was können wir uns bezeichnen? Sind wir Liebhaber, ein Liebespaar?»

«Ja, wir sind ein Liebespaar.»

«Und für wie lange?»

«Solange wir leben», sagte ich. «Oder bis du mich satt hast.»

Wir waren jetzt in Smithfield, fuhren am Country Club vorbei und an dem mit Büschen und kleinen Bäumen bewachsenen Vogelschutzgebiet.

«Ich fürchte, letzteres scheidet aus», sagte Susan.

Wir fuhren durch das Zentrum von Smithfield mit dem alten Gemeindehaus im dreieckigen Park. Über der Straße hing ein Transparent, das irgendein Volksfest annoncierte. Ich suchte und fand Susans Hand und ließ sie nicht mehr los, bis wir vor ihrem Haus hielten.

Es regnete nicht mehr, aber ein feuchter Nebel hatte sich über die Häuser und Gärten gelegt. Die Tropfen an den Ästen reflektierten das Licht der Straßenlampen. Susans Haus war alt und heimelig, mit verwitterten Schindeln an den Wänden und vielen Büschen im Vorgarten. Susan schloß die Haustür auf, und wir gingen hinein. Im dunklen Wohnzimmer drehte ich sie zu mir um und umarmte sie. So standen wir, eng aneinandergepreßt, lange und wortlos.

«Solange wir leben», sagte ich.

«Vielleicht sogar länger.» Die alte Uhr auf dem Kaminsims tickte laut in der Finsternis. Susan roch frisch, ihr Körper war fest und elastisch. Wie schwer es doch war, einem anderen zu sagen, was man wirklich fühlte. Ich sagte: «Komm, Schatz, gehen wir ins Bett.» Sie bewegte sich nicht, drückte sich nur noch fester an mich. Also hob ich sie auf und trug sie ins Schlafzimmer. Ich war nicht das erste Mal hier, und die Dunkelheit bereitete mir keine Schwierigkeiten.

17. KAPITEL

Morgens, noch feucht vom Duschen, fuhren wir ans Cape zurück. Unterwegs hielten wir an einem Restaurant, Steaks und Eier, und waren gegen Mittag in Hyannis im Motel. Ich hatte das Zimmer nicht aufgegeben. Der Nebel war weggeblasen, und der Himmel leuchtete im tiefsten Blau. Der Portier gab mir eine Notiz. Ich sollte Harv Shepard anrufen.

Während Susan einen Badeanzug anzog, wählte ich Shepards Nummer.

«Spenser», sagte ich. «Was gibt's?»

«Sie müssen mir helfen.»

«Wenn ich mich recht erinnere, hab ich Ihnen das schon vor 'ner ganzen Weile gesagt.»

«Ich muß Sie unbedingt sprechen. Ich werde mit der Sache nicht mehr fertig, brauche Hilfe. Dieser ... dieser verdammte Nigger hat sich an einem meiner Kinder vergriffen. Ich schaff's nicht mehr alleine.»

«Okay, ich komm rüber.»

«Nein!» rief er. «Nicht hier bei mir. Ich komme zu Ihnen. Sind Sie noch im Motel?»

«Ja.» Ich nannte ihm die Zimmernummer. Er wollte sofort kommen.

Susan hatte sich in ihren engen, einteiligen Badeanzug gequetscht. «Ist was?»

«Ja. Shepard wächst die Sache über den Kopf. Offensichtlich hat sich Hawk eins von seinen Kindern vorgenommen. Shepard ist in Panik. Er kommt her.»

«Ich habe Angst vor Hawk», sagte sie.

«Ich auch, ob du's glaubst oder nicht.»

«Er ist irgendwie ...» Sie zuckte die Schultern. «Versuch nicht, es mit ihm aufzunehmen.»

«Besser ich als Shepard.»

«Warum?»

«Weil ich eine Chance habe. Shepard hat keine.»

«Weshalb, um Himmels willen, nicht die Polizei?»

«Das werden wir Shepard fragen müssen. Ich habe nichts gegen die Polizei, und mir liegt nicht besonders viel daran, mit Hawk russisches Roulette zu spielen. Shepard nannte ihn einen Nigger.»

«Und? Was hat das damit zu tun?»

«Weiß nicht. Aber ich wollte, er hätte das nicht gesagt. Es ist beleidigend.»

«Mein Gott, Spenser! Hawk bedroht sein Leben, hat ihn zusammengeschlagen, hat sich an seinen Kindern vergriffen, und du machst dir Gedanken über eine rassistische Bemerkung?»

«Hawk ist für mich irgendwie etwas Besonderes.»

«Du für mich auch.» Sie schüttelte verständnislos den Kopf. «Ich geh an den Swimmingpool, um was für meine

Bräune zu tun. Wenn du fertig bist, kannst du ja nachkommen. Es sei denn, du brennst mit Hawk durch.»

«Muß ich mir überlegen.»

Sie ging. Knapp zwei Minuten später kam Shepard. Er konnte sich jetzt besser bewegen, dafür machte er einen um so verstörteren Eindruck. Er trug einen schwarzkarierten Freizeitanzug und ein Hemd mit schwarzer Stickerei. Die schwarzen Schuhe waren auf Hochglanz poliert, das Gesicht grau vor Angst.

«Haben Sie was zu trinken hier?» fragte er.

«Nein, aber ich bestelle was. Was möchten Sie?»

«Bourbon.»

Ich klingelte dem Etagenkellner, orderte Bourbon und Eis. Shepard lief zum Fenster und starrte raus auf den Golfplatz. Er setzte sich in einen Sessel, stand gleich wieder auf. «Spenser», sagte er, «ich hab die Hosen gestrichen voll.»

«Kann ich Ihnen nachfühlen.»

«Hab nie gedacht ... Hab immer geglaubt, ich könnte mit Geschäften aller Art fertig werden. Verstehen Sie, ich bin Geschäftsmann. Und ein Geschäftsmann muß Geschäfte arrangieren, zusehen, daß sie laufen, die Beteiligten unter Kontrolle halten. Und ich bin wirklich nicht aus Zucker, Spenser. Hab allerhand Erfahrung, aber diese Kerle ...»

«Ich kenne diese Kerle.»

«Ich meine den verdammten Nigger.»

«Der Mann heißt Hawk», sagte ich. «Nennen Sie ihn auch Hawk.»

«He, was soll das? Sind Sie plötzlich so 'n Bürgerrechtler?»

«Nennen Sie ihn Hawk.»

«Schön, gut, okay. Also Hawk. Mein Jüngster kam ins

Zimmer, während die mit mir redeten, und Hawk packte ihn am Hemd und schleifte ihn zur Tür raus. Direkt vor meinen Augen. Der schwarze Bastard!»

«Was heißt ‹die›?»

«Die?»

«Sie sagten, Ihr Kind kam ins Zimmer, während ‹die› mit Ihnen redeten.»

«Ach so. Hawk und ein Kerl namens Powers. Ein Weißer. Schätze, Hawk arbeitet für ihn.»

«Ja, ich kenne Powers.»

Der Kellner kam mit dem Bourbon. Ich unterzeichnete die Rechnung und gab dem Mann einen Dollar Trinkgeld. Shepard kramte in seiner Tasche. «Lassen Sie mich ...»

«Werd's auf Ihre Rechnung setzen. Was wollte Powers? Nein, warten Sie, ich werde Ihnen sagen, was er wollte. Sie schulden ihm Geld, und Sie können es nicht zurückzahlen. Und er ist bereit, Ihnen ein winziges bißchen Luft zu lassen, wenn Sie ihm dafür einen Riesenhappen von Ihrem Geschäft geben.»

«Ja.» Shepard goß sich reichlich ein und nahm einen großen Schluck. «Woher wissen Sie ...»

«Ich sagte doch, ich kenne Powers. Das Spielchen ist nicht so furchtbar neu. Powers, aber auch viele andere haben es schon oft gespielt. Jemand wie Sie setzt Geld in den Sand oder veruntreut eine größere Summe, oder er sieht die Chance für ein schnelles Geschäft, oder er übernimmt sich zur falschen Zeit, wie auch immer. Jedenfalls kann er den Verlust nicht finanzieren. Dann kommt Powers, hilft ihm aus der Patsche und verlangt dafür einen astronomischen Zinssatz, und zwar auf wöchentlicher Zahlungsbasis. Der Betreffende kann nicht zahlen, Powers schickt Hawk, um ihm zu demonstrieren, daß er es ernst meint. Der Betreffende kann natürlich immer noch nicht zahlen, also kommt Powers selbst und sagt: ‹Gib mir den und den Teil von deinem Geschäft, oder Hawk unterhält sich auf seine Art noch mal mit dir.› Und wenn der Betreffende Glück hat, kann er jemanden wie mich konsultieren. Aber den meisten bleibt höchstens der Gang zur Polizei.»

«Ich hab das Geld nicht in den Sand gesetzt. Und auch nicht veruntreut.»

«Klar, natürlich nicht. Warum dann nicht die Cops?»

«Keine Cops!» sagte Shepard und trank einen weiteren großen Schluck.

«Und warum nicht?»

«Die werden als erstes wissen wollen, warum ich Geld von Powers brauchte.»

«Und Sie haben fünf gerade sein lassen?»

«Verdammt noch mal. Mir blieb nichts anderes übrig. Jeder muß das mal.»

«Also erzählen Sie mir, warum Sie's mußten.»

«Wieso? Wozu müssen Sie das wissen?»

«Das weiß ich erst, wenn Sie's mir gesagt haben.»

Shepard widmete sich weiter dem Bourbon. Schließlich legte er los. «Ich saß in der Klemme. Hab mit einer Gruppe von Leuten zusammengearbeitet, die sich ‹Grundstücks-Management-Gesellschaft› nannten. Sie versuchen, in den verschiedensten Feriengebieten Fuß zu fassen und dort Freizeitkolonien zu gründen, immer zusammen mit einem Geschäftsmann vom Ort. Für die Gegend hier war ich das. Es ging so: Wir gründeten eine gesonderte Gesellschaft, mit mir als Präsidenten. Ich hatte die Entwicklungsarbeit zu leisten, mit den städtischen Planungsbehörden zu verhandeln und mit der Bauaufsichtsbehörde und was sonst noch dazugehört. Meine Aufgabe war es auch, die Bauarbeiten zu überwachen, wenn es soweit sein würde. Sie stellten die Architekten, Ingenieure, besorgten die Finanzierung und die Verkaufsorganisation. Genaugenommen ist es noch komplizierter, aber Sie verstehen schon, was ich meine. Jedenfalls war meine Gesellschaft eine ausschließliche Tochter der Grundstücks-Management. Können Sie mir folgen?»

«Ja, hab kapiert. Ich bin zwar kein so hervorragender Geschäftsmann, wie Sie es zu sein scheinen, aber wenn Sie schön langsam reden, werd ich wohl mitkommen. Wie heißt Ihre Gesellschaft, die örtliche hier?»

«Wir tauften das Projekt auf den Namen ‹Das gelobte Land›. Und die Gesellschaft nannten wir ‹Gelobtes Land Incorporated›.»

Ich pfiff durch die Zähne. «Donnerwetter! Gelobtes Land. Und Sie wurden Präsident der Gelobtes Land Inc., einer hundertprozentigen Tochter der Grundstücks-Management-Gesellschaft. Und was dann?»

«Die Grundstücks-Management ging baden.»

«Pleite?»

«Ja.» Shepard trank seinen Bourbon aus und goß nach. Auf Eis verzichtete er. «Die arbeiteten so: Die ganze Organisation lag bei ihnen. Sie drehten die große Reklamemühle, mit viel Aufwand, Gratisreisen für prospektive Kunden, nach Florida und überallhin. Wenn ein Käufer für ein Ferienhaus anbiß, leistete der eine Anzahlung auf das Grundstück und schloß außerdem einen Vertrag über Art und Bauweise des gewünschten Hauses ab. Er mußte dann auch eine Anzahlung auf das Gebäude leisten, und die floß in einen getrennten Entwicklungsfonds.»

«Was geschah mit den Abschlagszahlungen für die Grundstücke?»

«Die gingen an die Grundstücks-Management.»

«Aha. Und wer hatte den Entwicklungsfonds zu verwalten?»

«Ich.»

«So. Und als die Grundstücks-Management von der Bildfläche verschwand und Sie einen Haufen Geld in die Sache investiert hatten und kein Finanzier mehr hinter Ihnen stand, da haben Sie in den Topf gelangt.»

«Ja. Hab den gesamten Entwicklungsfonds aufgebraucht. Mir blieb ja nichts anderes übrig. Nachdem die Grundstücks-Management pleite war, suspendierte die Stadtverwaltung die Baugenehmigungen. Bis dahin waren die Parzellen lediglich vermessen, die Erschließung fehlte noch. Sie wissen, Wasserversorgung, Kanalisation, alles das.»

Ich nickte.

«Na ja, und die Stadt sagte, ohne Erschließung keine Baugenehmigung. Damit legten die mich völlig auf Eis. Schätze, sie hatten auch keine andere Wahl. Die Sache stank gewaltig, als die Muttergesellschaft plötzlich baden ging. Eine Menge Gelder waren verschwunden, sämtliche Anzahlungen für die Grundstücke, und die Kunden wurden unruhig. Und ich war aufgeschmissen. Mein ganzes Kapital steckte in dem Unternehmen, und es gab nur einen Weg für mich, es wiederzubekommen: Ich mußte die Häuser bauen und verkaufen. Aber wie? Ohne Erschließung und damit ohne Baugenehmigung? Niemand wollte das Gelobte Land finanzieren. Sie wissen ja, die Banken geben Ihnen nur Geld, wenn Sie nachweisen, daß Sie gar keins brauchen. Und mit dem Gelobten Land wollten sie schon gar nichts mehr zu tun haben, denn die Geschichte hatte sich natürlich in den einschlägigen Kreisen längst rumgesprochen. Außerdem hatte die Steuerfahndung Lunte gerochen, alle möglichen Untersuchungen liefen an bis hin zum Büro des Staatsanwalts, der gegen die Grundstücks-Management ermittelte. Zu alledem wurde die Muttergesellschaft von einer Gruppe Kunden verklagt, die sich betrogen fühlten. Also blieb mir wirklich nichts anderes übrig, ich nahm das Geld vom Entwicklungsfonds. Was sollte ich machen? Ich hätte sonst nur den Kram hinschmeißen und mir 'nen neuen Job suchen können, ohne genug Geld, um nur meinen Lebenslauf abtippen zu lassen. Machen Sie das mal mit fünfundvierzig!»

«Verstehe. Nun lassen Sie mich raten, was weiter passierte. Die Kundengruppe, die schon die Grundstücks-Management verklagt hatte, versuchte jetzt auch, die Anzahlungen für die Häuser wiederzukriegen.»

Shepard nickte.

«Und da Sie das Geld für die Erschließung ausgegeben hatten, konnten Sie nicht zahlen.»

Wieder Kopfnicken.

«Also gerieten Sie irgendwie an Powers, und der lieh Ihnen das Geld. Zu welchem Zinssatz? Drei Prozent die Woche?»

«Dreieinhalb.»

«Und selbstverständlich mit Abzug vom Kapital.»

Shepard nickte wieder.

«Und Sie schafften das natürlich nicht.»

«Nein. Wie auch?»

«Da kam Hawk und mahnte die Zahlungen an, indem er Sie zusammenschlug.»

«Ja. Das heißt, er tat es gar nicht selbst. Er hatte zwei Typen dabei, die das besorgten. Er beaufsichtigte sie sozusagen nur.»

«Donnerwetter, ein Aufsteiger. Sitzt jetzt im Management.»

«Er sagte, daß er nur noch die Morde besorgt, die mühsame Arbeit delegiert er.»

«Und jetzt wissen Sie nicht mehr weiter.»

«Stimmt.» Er lehnte die Stirn gegen das kühle Fensterglas. «Wissen Sie, dabei hat das Geld von Powers mich geschäftlich aus der Patsche gebracht. Ich bekam das Projekt wieder in den Griff. Jetzt schulde ich nur noch Powers Geld, und das kann ich nicht bezahlen. Verstehen Sie, was das heißt? Ganz kurz vorm Ziel, und man weiß, man kann nur verlieren.»

18. KAPITEL

Nachdem Shepard mir seine Sünden gebeichtet hatte, sah er mich erwartungsvoll an.

«Was ist?» fragte ich. «Wollen Sie von mir Absolution? Gegen fünf Vaterunser? Beichten kann gut für die Seele sein, aber Ihrem Korpus hilft das wenig. Und um den scheint's augenblicklich in erster Linie zu gehen.»

«Was sollte ich tun?» wiederholte er. «Ich war in der Ecke, mit dem Rücken an der Wand. Ich mußte an das Geld im Fonds heran. Die Grundstücks-Management hat sich mit vier oder fünf Millionen abgesetzt. Sollte ich die Hände in den Schoß legen, alles aufgeben? Alles, wofür ich gearbeitet habe, was ich darstelle?»

«Irgendwann können wir ja mal darüber reden, wofür Sie eigentlich gearbeitet haben und was Sie Ihrer Ansicht nach darstellen. Jetzt ist nicht die Zeit dafür. Wie hart sitzt Ihnen Powers im Nacken?»

«Für morgen ist ein Treffen vereinbart.»

«Wo?»

«In Hawks Zimmer im Holiday Inn.»

«Okay, ich gehe mit.»

«Was werden Sie tun?»

«Weiß ich nicht, muß erst nachdenken. Aber es ist besser, als wenn Sie allein gehen müßten, oder?»

«O ja, verdammt!» sagte Shepard und trank aus.

«Vielleicht können wir die zu einem Aufschub veranlassen», sagte ich. «Das gibt uns Zeit, eine Marschroute zu entwickeln.»

«Aber welche nur?»

«Noch keine Ahnung. Nur vergessen Sie nicht: Was Powers tut, ist ungesetzlich. Wenn alle Stricke reißen, können wir um Hilfe rufen, und Sie sagen als Zeuge der Staatsanwaltschaft gegen Powers aus. Dann kommen Sie mit einer juristischen Tracht Prügel davon.»

«Aber ich bin ruiniert.»

«Hängt davon ab, was Sie unter ruiniert verstehen. King Powers' Partner zu sein, ob reich oder arm, ist auch eine Art Ruin. Und als Leiche wären Sie der Offenbarungseid par excellence.»

«Nein. Ich kann nicht zur Polizei gehen.»

«Jetzt vielleicht nicht. Später bleibt Ihnen möglicherweise nichts anderes übrig.»

«Dann wäre ich Pam endgültig los. Pleite, mein Geschäft weg, in allen Zeitungen als Gauner dargestellt. Glauben Sie, Pam käme zurück und würde mit mir in einer Hütte leben, während ich Sozialhilfe kassiere?»

«Weiß ich nicht. Im Moment scheint sie ohnehin nicht wild darauf zu sein, zu Ihnen zurückzukommen. Aber Ihre Frau, das ist ein anderes Problem. Da gehen wir ran, wenn diese Sache hier aus der Welt ist.»

«Ja. Aber denken Sie daran, daß die Angelegenheit absolut vertraulich behandelt werden muß. Ich kann nichts riskieren. Es muß irgendeinen Ausweg geben.»

«Harv, Sie reden wie jemand, der zwischen mehreren Möglichkeiten wählen kann. Das war vorbei, nachdem Sie in den Entwicklungstopf gelangt hatten. Und erst recht, als Sie das Geld von Powers annahmen. Überlegen Sie doch mal, wir sprechen hier schließlich über Leute, die Sie kaltblütig über den Haufen knallen werden.»

Er nickte. «Aber es muß einen Weg geben.»

«Ja, wahrscheinlich schon. Lassen Sie mich drüber nachdenken. Wann soll die Zusammenkunft morgen sein?»

«Dreizehn Uhr.»

«Ich hole Sie Viertel vor eins bei Ihnen zu Hause ab. Gehen Sie jetzt dahin, bleiben Sie dort. Damit ich Sie erreichen kann, wenn es nötig ist.»

«Was werden Sie tun?»

«Nachdenken.»

Shepard ging. Ziemlich betrunken und ein wenig erleichtert. Über ein Problem zu reden gibt einem manchmal das Gefühl, es schon angepackt zu haben. Jedenfalls war er nicht mehr drauf aus, die Sache allein zu regeln. Ich hatte wirklich eine schöne Klientel. Die Bullen waren hinter Pam her und die Verbrecher hinter Harv.

Ich ging nach draußen zum Swimmingpool. Susan, in ihrem rot geblümten Badeanzug, saß auf einer Liege und las ein Buch von Bruno Bettelheim. Ich blieb vor ihr stehen und sah auf sie runter. Jesus Christus, dachte ich, wie konnte sich nur jemand von so einer Frau scheiden lassen.

«Wenn wir beide verheiratet wären», sagte ich, «und du ließest dich von mir scheiden, würde ich dich den Rest meines Lebens verfolgen.»

«Bestimmt nicht. Dazu wärst du zu stolz.»

«Ich würde jeden Mann verprügeln, der in deine Nähe käme.»

«Das nehme ich dir allerdings ab. Was wollte Shepard?»

Ich hockte mich neben sie. «Er bettelt um Hilfe. Wie wir annahmen, ist er an einen Geldhai geraten, und der Hai will sein Geschäft fressen.»

In dieser Stellung wurde es mir zu unbequem. Ich holte mir einen Klappstuhl und berichtete Susan von der Unterhaltung.

«Das heißt also, du mußt dich doch mit Hawk anlegen», stellte sie fest.

«Möglich.»

Sie holte tief Luft. «Was willst du tun?»

«Weiß ich nicht. Ich wollte an die Bar gehen, zum Nachdenken. Kommst du mit?»

Sie schüttelte den Kopf. «Nein, ich bleibe hier und lese. Vielleicht schwimme ich auch noch ein paar Runden. Wenn du was ausgetüftelt hast, sag mir Bescheid. Wir können dann das Ereignis bei einem ausgiebigen Lunch feiern.»

Ich küßte sie einigermaßen artig auf die Schulter und ging an die Bar. Im Restaurant aßen mehrere Gäste, aber an der Theke war es ruhig. Ich setzte mich ans äußerste Ende, bestellte Bier vom Faß und machte mich über die Schale mit Erdnüssen her.

Ich hatte zwei Probleme: Ich mußte meinen Klienten Harv Shepard aus King Powers' Klauen befreien. Und ich mußte meine Klientin Pam Shepard vor der drohenden Anklage wegen bewaffneten Raubüberfalles und Mordes bewahren. Diese Idioten. Ich hatte die Nase von beiden voll. Eine Berufskrankheit, dachte ich. Jeder hat nach einer Weile die Nase voll von seinen Klienten. Lehrer können ihre

Schüler nicht mehr sehen, Ärzte ihre Patienten, Barkeeper die Säufer, Verkäufer ihre Kunden. Verdammt, aber meine beiden Klienten waren Superidioten. Das Gelobte Land, Himmel noch mal. Ich bestellte noch ein Bier. Die Erdnußschale war leer. Ich orderte einen frischen Vorrat. Waffen, dachte ich, Himmel noch mal. Wollen sich Waffen besorgen und die Macht des Phallus besiegen. Wo, zum Teufel, wollten sie Waffen hernehmen? Vielleicht schlugen sie im Branchenverzeichnis nach: Rubrik Waffenschieber. Oder ich konnte sie ja mit jemandem wie King Powers bekannt machen. Der würde ihnen die Gewehre, oder was sie zu brauchen meinten, verkaufen, und dann konnten sie ihn erschießen. Das würde Harv Shepards Problem aus der Welt schaffen ... Oder ich konnte Powers als Waffenhändler entlarven. Nein, entlarven war nicht das richtige Wort. Hereinlegen. Das war's. Powers aufs Kreuz legen. Nicht mit der Wucherei, dann landete auch Harv Shepard in der Suppe. Aber mit illegalem Waffenhandel. Wenn ich das richtig anstellte, würde ich ihn Shepard vom Halse schaffen, und zwar für ganz schön lange Zeit. Und gleichzeitig würden auch Rose und Jane aus Pam Shepards Leben verschwinden. Doch was sollte Rose und Jane davon abhalten, Pam mit in die Sache reinzuziehen, wenn sie geschnappt wurden? Vielleicht konnte ich mit dem Staatsanwalt eine Abmachung treffen. Der Handel des Jahres: Powers und zwei militante Feministinnen auf ein und demselben Servierteller, und dafür die behördliche Zusage, die beiden Shepards aus der Sache rauszuhalten. Mehr und mehr gefiel mir dieser Gedanke. Die Sache bedurfte noch des Schliffs, aber so konnte es laufen, mit ein bißchen Geschick und Glück. Meine einzige Alternatividee hieß, an King Powers' besseres Ich zu appellieren, aber das sah selbst nach dem vierten Bier nicht sehr vielversprechend aus. Ihn aufs Kreuz zu legen war allemal besser. Dem guten alten King das Ding seines Lebens verpassen. Ich trank noch ein Bier, aß noch mehr Erdnüsse und dachte noch mehr darüber nach.

Susan kam in einer weißen Frotteebaderobe und setzte sich neben mich.

«*Cogito, ergo sum*», sagte ich.

«Ja, bestimmt. Du warst immer schon von des Gedankens Blässe angekränkelt.»

«Warte nur, bis du eingeweiht bist.»

19. KAPITEL

Nach dem Lunch gab ich telefonisch bei der *New Bedford Standard Times* eine Kleinannonce auf: «Schwestern, ruft 936–1434 an. Pam.»

Darauf rief ich selbst 936–1434 an. Pam Shepard antwortete nach dem ersten Klingeln.

«Hören Sie zu», sagte ich und las ihr den Text der Anzeige vor. «Das habe ich eben in der *New Bedford Standard Times* aufgegeben. Wenn die Schwestern Sie anrufen, arrangieren Sie ein Treffen. Zwischen denen, Ihnen und mir.»

«Oh! Darauf werden sie sich kaum einlassen. Die trauen Ihnen doch nicht.»

«Dann müssen Sie eben Ihre Überredungskünste aufwenden. Sie können ja von solidarischer Verpflichtung und schwesterlichem Zusammenhalten sprechen. Sagen Sie denen, ich hätte einen Waffenhändler an der Hand, der mit ihnen ins Geschäft kommen will. Wie Sie's anstellen, ist Ihre Sache. Aber kriegen Sie's hin.»

«Warum ist das so wichtig?»

«Um Ihre Haut zu retten und die von Harv. Und um der Demokratie einen Dienst zu erweisen. Es ist zu kompliziert, um es jetzt im einzelnen zu erklären. Machen Sie nur, was ich sage. Bekommen Sie schon Platzangst?»

«Nein, es geht noch. Ich sitze meist vor dem Fernseher.»

«Übertreiben Sie's nicht, sonst fallen Ihnen die Zähne aus.»

«Spenser?»

«Ja?»

«Was ist mit Harvey los? Wieso sagten Sie, es ginge um seine Haut?»

«Ist jetzt nicht wichtig, nichts, was wir jetzt bereden müßten. Es geht sozusagen um seine innere Wertskala.»

«Geht es ihm gut?»

«Klar.»

«Und den Kindern?»

«Natürlich auch. Die vermissen Sie, Harv übrigens auch, aber sonst geht es allen gut.» Lügen gehörte manchmal zum Job.

«Komisch», sagte Pam. «Ich weiß nicht, ob ich mich nach ihnen sehne oder nicht.»

«Ja, Gefühle sind oft schwer zu analysieren. Gibt es noch was, das ich für Sie tun kann?»

«Danke. Alles okay.»

«Prima. Suze oder ich werden uns melden.»

Ich legte auf.

Susan hatte verblichene Jeans und eine dunkelblaue Bluse angezogen. Sie plante eine Tour quer über das Cape, um nach Antiquitäten zu suchen. Ich sah auf die Uhr: Viertel nach eins. Ich hielt den Kopf unter kaltes Wasser, trocknete mich ab und machte mich auf den Weg nach New Bedford.

Fünf Minuten nach zwei parkte ich verkehrswidrig vor dem Polizeipräsidium von New Bedford, einem dreistöckigen Backsteinbau in der Spring Street. Hier waren die Streifenwagen hellbraun. In einem saßen zwei Polizisten mit weißen Uniformmützen. Ob die Verbrecher in New Bedford schwarze Hüte trugen?

Drinnen hielt ein weiblicher Zerberus Wache. Ich fragte, wer den Überfall auf die Bristol Security Bank bearbeitete. Die Beamtin war aschblond, trug blaue Lidschatten und benutzte einen recht grellen Lippenstift. Sie sah mich mehrere Sekunden streng an. «Wer sind Sie?»

Ob Mann oder Frau: Cops bleiben Cops.

«Spenser ist mein Name. Ich bin Privatdetektiv aus Boston und verfüge über ein paar Informationen, die jemanden hier zum Sergeant befördern könnten.»

Sie überlegte offensichtlich, ob ich nicht ein Falls fürs Irrenhaus wäre, entschied dann gnadigerweise anders und griff zum Telefon. «Ist Sylvia da? Hier Margaret von der Wache. Ja? Gut, sagen Sie ihm, ich hab hier jemanden, der behauptet, er hätte Informationen in der Bristol-Security-Sache. Okay.» Sie legte auf. «Detective Jackie Sylvia bearbeitet den Fall. Setzen Sie sich da hin. Er kommt gleich.»

Detective Jackie Sylvia entpuppte sich als ein kleiner, gedrungener Mann mit Glatze und dunkler Hautfarbe. Er sah so adrett aus, wie das bei einem Mann von nicht mehr als einsfünfundsechzig und zwei Zentnern Gewicht nur möglich ist: rosa geblümtes Hemd, beigefarbener Freizeitanzug, braune Wildlederschuhe mit goldenen Schnallen. Sein Alter war schwer zu schätzen, das runde Gesicht hatte keine Falte, aber der dünne Haarkranz um die kahle Schädelplatte war grau.

«Mein Name ist Sylvia», sagte er. «Sie wollen zu mir?»

«Sofern Sie die Untersuchungen in dem Bankraub führen.»

«Tue ich.»

«Können wir irgendwo in Ruhe reden?»

Sylvia deutete auf die Treppe, und ich folgte ihm in den zweiten Stock. An der Tür stand «Raubdezernat». In dem Raum drängten sich sechs Schreibtische, jeweils paarweise zusammengestellt. In einer Ecke war ein kleines Sonderbüro abgeteilt, auf der Tür stand zu lesen: Sergeant Cruz. An einem der Tische saß ein dürrer Polizist mit struppigem blondem Haar. Er hatte die Füße auf der Schreibplatte und telefonierte. Auf der Tischkante lag eine brennende Zigarette mit langem Aschenstreifen. Der Mann trug ein legeres schwarzes T-Shirt. Auf seinem linken Unterarm war ein Thunderbird-Düsenflugzeug eintätowiert, darunter die Worte: «45. Kampfbrigade». Sylvia setzte sich an seinen Tisch, deutete auf einen Besucherstuhl.

«Okay», sagte er. «Also raus damit.»

«Ist Ihnen King Powers ein Begriff?»

«Ja.»

«Ich kann Ihnen die Täter von der Bristol Security liefern, und ich kann Ihnen King Powers liefern. Allerdings hängt das von gewissen Konditionen ab.»

«Powers gibt sich nicht mit Banken ab.»

«Weiß ich. Ich kann ihn wegen eines anderen Delikts aus dem Verkehr ziehen und Ihnen außerdem die Bankräuber in die Hände spielen, vorausgesetzt, ich bekomme meine Gegenleistung.»

«Und die wäre?»

«Zwei Leute, die mit drinstecken, sollen draußen gehalten werden.»

«Einer davon sind Sie?»

«Ich gebe mich auch nicht mit Banken ab.»

«Würden Sie die Güte haben, sich vielleicht erst mal zu identifizieren?»

Ich zeigte ihm meine Lizenz. Er sah sie sich kurz an, gab sie zurück. «Boston, was? Also müßten Sie dort im Raubdezernat einen gewissen Abel Markum kennen.»

«Hatte noch nicht das Vergnügen.»

«Wen kennen Sie von der Polizei in Boston?»

«Lieutenant Quirk von der Mordkommission zum Beispiel. Detective Frank Belson. Herschel Patton vom Raubdezernat. Einen sehr entgegenkommenden Schupo namens ...»

«Lassen Sie schon. Patton kenne ich auch, mit dem hab ich mal zusammengearbeitet.» Sylvia holte ein Päckchen zuckerlosen Kaugummi mit Grapefruitgeschmack aus der Tasche und steckte sich zwei in den Mund. Er bot mir keinen an. «Sie wissen ja wohl, daß Sie gesetzlich verpflichtet sind, jedes Beweismaterial in einem Verbrechen der Polizei freiwillig zu melden.»

«Kann ich auch einen Kaugummi haben?»

Sylvia holte das Päckchen wieder hervor und hielt es mir hin. Drei Stück waren übrig. Ich nahm eins.

«Nehmen Sie mindestens zwei. Sonst kriegen Sie keine Blasen hin. Das Zeug ist mies.»

Ich nahm ein zweites, wickelte beide aus und fing zu kauen an. Er hatte recht, das Zeug war wirklich mies.

Sylvia wiederholte: «Unterdrückung von Beweismaterial ist gesetzwidrig.»

Ich pustete probeweise einen kleinen Ballon. «Weiß ich. Wollen wir jetzt über den Handel reden?»

«Wie wär's, wenn wir Sie in eine Zelle sperren? Wegen Beihilfe zu einem Verbrechen?»

Ich quälte mich mit dem Kaugummi ab, er war einfach nicht elastisch genug. Die Blasen wurden nicht größer als ein Pingpongball, ehe sie mit einem kleinen Knall zerplatzten.

«Und wenn wir Sie hinter Schloß und Riegel haben, verhören wir Sie mal 'ne Weile. Sie würden sich wundern. Wir haben da so 'n paar Spezialisten, die holen aus Ihnen raus, was Sie bis dahin nicht mal selbst gewußt haben.»

«Das Zeug klebt an den Zähnen», sagte ich.

«Nicht, wenn Sie keine mehr haben.»

«Warum, zum Teufel, produzieren die heutzutage Kaugummi, der an den Zähnen klebt? Man kann wirklich niemandem mehr trauen.»

«Wenn Sie's nicht mögen, spucken Sie's doch aus. Ich hab's Ihnen nicht aufgezwungen.»

«Besser als gar nichts.»

«Wollen Sie jetzt über die Bristol Security reden?»

«Ich will über eine Abmachung reden.»

«Verdammt noch mal, Spenser, Sie können hier nicht einfach reinplatzen und mir Bedingungen an den Kopf knallen. Ich weiß nicht, was Sie sich in Boston erlauben können, aber hier nennen wir die Bedingungen.»

«Klasse», sagte ich. «Ein kurzer Blick auf die Lizenz, und Sie haben sich schon meinen Namen gemerkt. Beim Auswendiglernen haben Sie nicht mal die Lippen bewegt.»

«Lassen Sie die Sprüche, Freundchen, sonst gucken Sie sich den Boden ganz aus der Nähe an. Verstanden?»

«Ach, hören Sie auf, Sylvia, ich krieg sonst 'ne Gänsehaut. Und wenn man mir angst macht, neige ich zu Gewalttätigkeit, und ihr beide seid nur zu zweit.» Der struppige Bulle mit der Tätowierung hatte den Hörer aufgelegt und sich rangepirscht.

«Soll ich's Fenster aufmachen, Jackie?» fragte er. «Wenn er böse wird, können wir dann Hilfe rufen.»

«Oder runterspringen», sagte Sylvia. «Sind nur zwei Stockwerke, und immer noch besser, als so 'ner Bestie ausgeliefert zu sein.»

Ich konnte das nicht so weitergehen lassen. «Hören Sie jetzt endlich auf, Ihre Zirkusnummer zu proben? Dann können wir zur Sache kommen.»

«Woher weiß ich, daß Sie die angebotene Ware auch liefern können?» fragte Sylvia.

«Wenn nicht, was haben Sie dann verloren? Sie sind dann auch nicht schlechter dran als jetzt.»

«Aber kein manipuliertes Beweismaterial», sagte Strubbelhaar. «Jedenfalls keins, was vor Gericht allzusehr stinkt. Wir sind damit schon mehrmals auf die Nase gefallen.»

«Nur keine Angst.»

«Wie tief stecken die Leute drinnen, die Sie raushaben wollen?»

«Die haben niemand was getan außer sich selbst», sagte ich. «Sie sind einfach an die falschen Leute geraten und in Sachen gerutscht, mit denen sie nicht fertig wurden.»

«Den Wächter, den die umgelegt haben», sagte Sylvia, «den hab ich gekannt. Er war vor seiner Pensionierung hier bei uns.»

«Meine Leute wollten nicht, daß so was passiert.»

«Einen Bankwächter während eines Raubüberfalls zu erschießen bedeutet Mord ohne mildernde Umstände.»

«Das weiß ich. Ich weiß aber auch, daß für Sie ein guter Fang dabei rausspringt. Für den ermordeten Wächter muß doch jemand zur Verantwortung ...»

«Fitzgerald hieß er», unterbrach mich Sylvia. «Alle nannten ihn Fitzy.»

«Genau, und jemand muß für den Mord büßen. Die Personen liefere ich Ihnen. Ich will nur ein paar harmlose Dummköpfe vor unverdienten Konsequenzen retten.»

Strubbelhaar sah Sylvia an. «Bis jetzt haben wir in der Sache gar nichts, Jackie. Nur heiße Luft.»

«Haben Sie einen Plan?» fragte Sylvia.

Ich nickte.

«Aber Garantien kann ich nicht geben. Was immer Sie vorbringen, ich muß die Sache erst prüfen.»

«Weiß ich.»

«Okay, schießen Sie los.»

«Ich dachte, dazu kämen wir nie», sagte ich.

20. KAPITEL

Wie sich herausstellte, hatte Strubbelkopf auch einen Namen: McDermott. Er und Jackie Sylvia hörten sich meine Geschichte wortlos an. Als ich fertig war, sagte Sylvia: «Okay, wir werden uns das durch den Kopf gehen lassen. Wo kann ich Sie erreichen?»

«In Hyannis, Dufney's Motel. Oder über meinen Antwortdienst, wenn ich nicht da bin. Dort melde ich mich täglich.» Ich nannte ihm die Nummer.

«Also gut, Sie hören von uns.»

Auf der Heimfahrt wurde der Kaugummi von Minute zu Minute härter, der Kiefer tat mir weh. In Wareham gab ich auf und spuckte das Corpus delicti aus dem Autofenster in die Einfahrt zum Krankenhaus.

Susan war von ihrer Antiquitätentour zurück und hatte für hundertfünfundzwanzig Dollar einen handbemalten

Glaslampenschirm erstanden. Wir gingen ins Restaurant, tranken jeder zwei Martini-Cocktails auf Wodkabasis und probierten einen guten Teil der Speisekarte aus. Dann wechselten wir in die Diskothek über und tanzten jede langsame Nummer, bis Mitternacht. Bewaffnet mit einer Flasche Schampus, gingen wir schließlich zu Bett und schliefen nicht bis kurz vor drei.

Als ich aufwachte, war es elf. Susan schlief noch. Bevor ich mich rasierte und duschte, bestellte ich Frühstück. Als ich den Revolverhalfter an den Gürtel steckte, sah ich, daß Susan mich vom Bett aus anstarrte.

«Also gehst du jetzt zu Hawk und diesem anderen Kerl?»

«Powers. Ja. Ich begleite Harv Shepard.»

«Hast du keine Angst?»

«Weiß nicht, darüber denke ich nicht nach. Heute dürfte die Sache auch nicht allzu gefährlich werden.»

«Du weißt, was ich meine. Wenn dein Plan nicht klappt, wird Powers dich umbringen.»

«Nein, der läßt umbringen.»

Susan drehte mir den Rücken zu und schwieg. Ich trank noch eine Tasse Kaffee. Zum Frühstück hatte ich mir die *New Bedford Standard Times* kommen lassen. Meine Annonce lief unter der Rubrik persönliche Anzeigen: «Schwestern, ruft 936-1434 an. Pam.» Ich überflog die Sportseiten und trank den Kaffee aus. Es war zehn nach zwölf.

«Ich muß weg, Suze.»

Sie nickte, ohne sich umzudrehen. «Komm möglichst schnell wieder», sagte sie. «Ich hab Angst. Und du fehlst mir immer, wenn du nicht da bist.»

«Du mir auch.» Ich ging noch einmal ins Zimmer zurück und küßte sie auf die Wange. Sie drehte mir das Gesicht zu. Ihre Augen waren naß.

Auf der Fahrt zu Harv Shepards Haus wurde ich mir eines komischen Gefühls im Magen bewußt.

Ich weiß nicht, ob ich wirklich Angst hatte oder was es sonst war, aber Shepard war jedenfalls in Panikstimmung. Sein Gesicht sah ganz anders aus. Während wir zum Holiday Inn Hotel fuhren, mußte er dauernd schlucken.

«Sie brauchen nicht zu wissen, was ich vorhabe», sagte ich. «Es ist wahrscheinlich sogar besser, wenn Sie keine Ahnung haben. Lassen Sie sich nur sagen: Ich habe ein Ding angekurbelt, das Sie aus dem ganzen Schlamassel rausholen könnte.»

«Warum sagen Sie's mir nicht?»

«Weil man für die Sache ein absolutes Pokerface braucht, und das bekommen Sie bestimmt nicht hin.»

«Da haben Sie wohl recht», sagte er.

Hawk hatte ein Zimmer im zweiten Stock. Mit Blick auf den Swimmingpool, versteht sich. Er öffnete auf unser Klopfen, ich ging voran. Auf der Kommode rechts neben der Tür stand eine Ansammlung von Flaschen. Auf einem der Betten lag ein dünner Kerl mit Hornbrille und las das *Wall Street Journal*. King Powers saß an einem runden Tisch. Vor sich hatte er einen aufgeschlagenen Aktendeckel. Er hielt die Hände auf der Tischplatte gefaltet.

«Was'n das für 'n Kerl?» Powers hörte sich an wie ein schlechter Schauspieler, der den großen Ganoven mimte.

«Wir sind Freunde», sagte ich. «Unzertrennlich. Wo der eine hingeht, ist der andere dabei.»

Powers war ein großer, ziemlich schwerer, wabbelig wirkender Bursche mit rötlichem Haar und weit runterreichenden Koteletten. Er sah aus wie ein aus dem Leim gegangener Strichjunge. Seine Garderobe bestand aus einem kastanienroten, doppelreihigen Jackett und farblich passender Hose, weißem Gürtel und weißem Seidenhemd mit offenem Kragen. Um den Hals trug er einen Lederriemen, in dem als Schmuckstück vorn eine türkisfarbene Pfeilspitze steckte, wahrscheinlich als irgendein Symbol gedacht.

«Hab nichts davon gesagt, daß Sie hier Freunde anschleppen können», sagte er zu Shepard.

«Sie werden noch froh über meine Gegenwart sein», sagte ich. «Hab nämlich ein duftes kleines Ding für Sie, das Ihnen 'ne Menge Kleingeld in die Handtasche zaubern kann.»

«Hab keine gottverdammte Handtasche.»

«So? Verzeihung. Dachte, da auf dem Bett liegt Ihre Mätresse.»

Hinter mir hörte ich Hawk murmeln: «Verfluchte Scheiße.» Der Kerl auf dem Bett blickte von seiner Zeitung auf und zog die Brauen zusammen.

«Hawk, schmeißen Sie die Sau raus!» sagte Powers.

Hawk antwortete: «Das hier ist Spenser. Ich habe Ihnen ja von ihm erzählt. Er liebt seine Späße, aber er meint es nicht böse. Jedenfalls manchmal nicht.»

«Hawk, haben Sie nicht gehört? Raus mit dem!»

«Er will doch von Geld reden, King. Vielleicht sollten Sie ihn lieber anhören.»

«Soviel ich weiß, arbeiten Sie für mich, Hawk. Also, verdammt noch mal, tun Sie, was man Ihnen sagt.»

«Nix. Ich tu nur, was ich will, nie, was man mir sagt. Dasselbe gilt für den alten Spenser hier. Sie können sich in den Arsch beißen, aber er tut nur, was er will, und verdammt kein bißchen was anderes. Sie und Macey hören ihm jetzt zu. Wenn Ihnen nicht paßt, was er auf Lager hat, dann schaff ich ihn raus.»

«Okay, okay. Dann soll er losschießen, verdammt noch mal.» Powers starrte mich an. Sein Gesicht war eine Spur rot angelaufen. Macey auf dem Bett hatte sich jetzt gerade aufgesetzt, die Füße auf dem Boden. Die Zeitung hielt er immer noch vor sich.

«Okay, King», sagte ich. «Also zunächst: Harv kann im Moment noch nicht zahlen.»

«Dann ist sein Arsch eine Wiese, und ich bin der Rasenmäher», sagte Powers.

«Klasse», sagte ich.

«Was?»

«Einfach Klasse. So wie Sie angezogen sind, das Feinste vom Feinen. Und dann Ihre Ausdrucksweise! Sie gehören wirklich zu den oberen Zehntausend.»

«Wenn Sie weiter so die Klappe aufreißen, nehmen Sie es Ihrer Mutter noch übel, daß sie Sie geboren hat.»

«Warum kommst du nicht endlich zum Kleingeld, Spenser», sagte Hawk hinter mir. «Für die Handtasche.»

«Ich hab einen Käufer mit ungefähr hunderttausend Dollar, der Waffen braucht. Den vermittle ich Ihnen, wenn Sie Shepard in Ruhe lassen.»

«Wie kommen Sie darauf, daß ich Waffen beschaffen kann?»

«Mann, King, für hunderttausend könnten Sie den lieben Gott ranschaffen.»

Er grinste breit. «Kann sein, daß Sie da richtig liegen. Aber Shepard schuldet mir 'ne Scheißmenge Geld.» Er sah in den Aktendeckel. «Dreißig dicke, fette Riesen. Bin ein großes Risiko eingegangen mit so 'nem Haufen Geld. So schnell läßt sich das nicht wegpusten.»

«Okay», sagte ich. «Dann auf Wiedersehen. Wir erledigen den Handel woanders. Kommen Sie, Harv.»

Powers sagte: «Das ist Ihre Sache, Mann, aber Ihr Kumpel zahlt jetzt auf der Stelle, oder er wird's verdammt bereuen.»

«Die Rückzahlung ist mit dem Angebot kombiniert. Das haben Sie abgelehnt, also gibt's kein Geld.» Ich drehte mich um. Hawk stand zwischen uns und der Tür, die eine Hand an die Hüfte gelegt.

«Hawk», sagte Powers. «Shepard bleibt hier.»

«Hunderttausend ist ganz schön viel Gemüse, King», sagte Hawk.

«Hawk hat recht, Mr. Powers.» Der Betthase Macey hatte die Zeitung endlich weggelegt, und dahinter kam eine kleine, schick aussehende .25er Automatic zum Vorschein. Der mit Perlmutt eingelegte Griff paßte wahrscheinlich zu seinen Manschettenknöpfen.

«Und was soll für Sie dabei rausspringen, Spenser?» fragte Powers.

«Dreißig Prozent. Die können Sie nehmen, um Shepards Darlehen zu tilgen.»

Powers schwieg. Wir alle schwiegen. Es war wie in einem stehengebliebenen Film.

Schließlich fragte Powers: «Wer ist Ihr Kunde?» Hawk pfiff leise ein Lied zwischen den Zähnen.

«Wenn ich Ihnen das sagen würde, wäre ich als Zwischenhändler draußen, das wissen Sie doch selbst.»

Powers pustete durch seine dicken Lippen und brach plötzlich in ein Kichern aus. «Macey, ich möchte noch Golf spielen. Machen Sie die Sache klar.» Er sah mich an. «Wenn Sie mich verscheißern, dann sehen Sie die Radieschen von unten. Ist das klar? Radieschen von unten!» Er stand auf und ging an mir vorbei zur Tür.

«Klar, und die Gänseblümchen», sagte ich.

Powers ging aus dem Zimmer. Macey steckte die Pistole weg und sagte: «Also dann, an die Arbeit.»

«Spielt er in seinem Kastanienfrack Golf?» fragte ich.

«Er zieht sich im Klubhaus um», sagte Macey. «Haben Sie denn nie Golf gespielt?»

«Als ich ein Kind war, haben wir bewaffneten Raubüberfall gespielt.»

Macey gestattete sich ein winziges Lächeln. Hawk legte sich auf das Bett und schloß die Augen. Shepard ging zur Kommode und goß sich einen steifen Drink ein. Macey und ich setzten uns an den runden Tisch. «Okay», sagte er. «Wie lautet der Deal?»

21. KAPITEL

Viel gab es zwischen uns noch nicht zu verhandeln. Ich sagte ihm, ich müßte mich jetzt erst mit der anderen Seite in Verbindung setzen und würde mich dann wieder bei ihm melden. Aber das Hunderttausend-Dollar-Angebot stünde, und er könnte schon seine Quellen anzapfen.

«Die Waffen werden nicht billig sein», sagte er. «Und nicht einfach zu bekommen. Da ist der Risikofaktor, und man darf nie die Marktsituation außer acht lassen. Wie Sie wissen werden, bringen große Aufträge wie dieser Bewegung in die Branche.»

«Ich weiß. Aber Sie kriegen das hin. Deswegen bin ich ja zu Ihnen gekommen.»

«Hm.» Macey nahm eine Geschäftskarte aus seiner Brusttasche. «Rufen Sie mich an, wenn Sie mit Ihren Kunden geredet haben.»

Ich steckte die Karte ein. «Also sind wir miteinander im Geschäft?»

«Natürlich», sagte Macey. «Immer vorausgesetzt, die Sache hat von Ihrer Seite aus keinen Haken.»

«Klar. Aber wenn wir im Geschäft sind, heißt das, Sie lassen Harvey in Frieden. Okay?»

«Selbstverständlich», sagte Macey. «Sie haben doch gehört, was Powers sagt. Wir sind Finanzmanager, keine Tiere. Da gibt es kein Problem.»

«Schon möglich. Aber ich hätte die Abmachung gern allseitig besiegelt. Hawk?»

Der schwarze Mann lag regungslos auf dem Bett, die Hände auf dem Solarplexus gefaltet. Ohne die Augen zu öffnen, sagte er: «Shepard kann ruhig schlafen.»

Ich nickte. «Okay. Kommen Sie, Harv.»

Shepard stellte das Glas weg und ging aus dem Zimmer, ohne sich umzusehen, ich hinterher. Niemand sagte ein Abschiedswort.

Als wir im Wagen saßen und losfuhren, fragte er: «Wie sollen wir wissen, ob die ihr Wort halten?»

«Daß man Sie in Ruhe läßt?»

Er nickte.

«Hawk hat's gesagt.»

«Hawk? Der Nigger? Der hat mich doch gerade erst zusammengeschlagen.»

«Er hält sein Wort», sagte ich. «Und ich hab Ihnen schon mal gesagt, Sie sollen ihn Hawk nennen. Noch mal sag ich's nicht.»

«Ja, tut mir leid, okay. Aber, verdammt, dem so einfach trauen? Ich meine, dieser Macey wirkt zuverlässig, mit dem kann man eine Abmachung treffen, aber Hawk . . .»

«Da sieht man mal wieder, wie blauäugig Sie sind», sagte

ich. «Macey würde Ihnen für einen Dollar den Bauch aufschlitzen. Sie halten ihn für vertrauenswürdig, nur weil er wie ein Bankdirektor redet. Der hat nicht mehr Ehrgefühl und Gewissen als eine Wanze. Der macht alles. Hawk nicht. Es gibt Dinge, die Hawk einfach nicht tut.»

«Zum Beispiel?»

«Ja sagen und nein meinen.»

«Na gut, schätze, Sie müssen's wissen. Wo, zum Teufel, wollen Sie das Geld hernehmen?»

«Das ist nicht Ihr Problem.» Wir hielten vor seinem schönen Haus. Während ich mit Macey geredet hatte, waren zwei große Drinks seine Kehle runtergeflossen, und man merkte es.

«Danke, Spenser», sagte er. «Schon dafür, daß Sie überhaupt mitgegangen sind. Und vor allem natürlich dafür, wie Sie das gedreht haben. Ich hatte einen Heidenschiß.»

«Dazu gab es auch Grund genug.» Wir gaben uns die Hand. Shepard stieg aus, und ich fuhr zum Motel zurück. Susan war ausgeflogen; ihr Auto stand nicht auf dem Parkplatz. Von meinem Zimmer aus rief ich Pam Shepard an.

«Haben sich die Mädchen gemeldet?»

«Ja, Rose. Sie sind einverstanden, sich mit uns zu treffen. Und bitte, Spenser, sagen Sie nicht Mädchen.»

«Wo?»

«Was? Wo wir uns treffen?»

«Ja.»

«In Milton. Auf dem Großen Blauen Hügel steht ein Aussichtsturm. Kennen Sie ihn?»

«Ja.»

«Oben auf der Plattform ist der Treffpunkt. Heute nachmittag um fünf.»

Ich sah auf die Uhr: ein Uhr fünfundzwanzig. Zeit genug. «Okay. Ich hole Sie ab, und wir fahren hin. Ich fahr gleich los, müßte also gegen drei da sein. Sehen Sie aus dem Fenster. Ich warte vor dem Haus, und Sie kommen runter.»

«Was haben Sie vor?»

«Das erkläre ich Ihnen unterwegs.»

Wir legten auf. Ich stieg wieder in mein Auto und machte mich auf den Weg. Die Strecke hätte ich im Schlaf fahren können. Zehn nach drei hielt ich vor meiner Wohnung. In nicht einmal einer Minute kam Pam Shepard aus der Haustür, und wir waren unterwegs zu den Blauen Hügeln.

Ich hatte das Verdeck zurückgeschlagen, und Pam hielt das Gesicht genießerisch in den Wind. «Großer Gott», sagte sie, «tut das gut, da rauszukommen.»

«Sie reden von meinem heißgeliebten Heim.»

«Hab ja auch gar nichts gegen Ihre Wohnung, die ist sogar sehr schön. Nur wenn man weiß, daß man nicht rauskann, dann kriegt man ein Gefühl wie Klaustrophobie.»

Wir fuhren gemächlich und parkten gegen vier in der Nähe des Museums.

«Sind wir nicht viel zu früh?» fragte Pam.

«Ich möchte lieber selbst warten, als die am Ende warten zu lassen. Sonst könnten sie nervös werden und abhauen.»

«Was machen wir jetzt? Und überhaupt?»

«Erst mal klettern wir in aller Ruhe rauf zum Aussichtsturm. Und wenn sie kommen, sage ich ihnen, daß ich eine Quelle für sie aufgetan habe.»

«Quelle?»

«Einen Waffenhändler. Ich hab jemanden an der Hand, der ihnen so viel Waffen verkauft, wie sie nur brauchen können.»

«Aber warum? Warum machen Sie das?»

«Habt ihr dafür nicht das Geld geraubt?»

«Ja, aber Sie sind doch gegen uns eingestellt. Da werden Sie uns doch nicht auch noch bewaffnen wollen.»

«Das spielt hier keine Rolle. Die ganze Angelegenheit ist sehr kompliziert, und ich werde sie Ihnen nicht erklären, damit Sie sich nicht verstellen müssen. Sie müssen nur davon überzeugt sein, daß ich auf Ihrer Seite bin, und jedesmal für mich bürgen, wenn das nötig ist.»

«Das hab ich schon. Am Telefon, als sie anriefen. Die trauen Ihnen nicht und mögen Sie schon gar nicht.»

«Kann man sich kaum vorstellen.»

Sie lächelte und schüttelte den Kopf.

«Kommen Sie», sagte ich, «steigen wir aus.»

Die Blauen Hügel sind in Wahrheit grün und der Mittelpunkt eines größeren Naturschutzgebiets. Auf der höchsten Erhebung steht ein steinerner Aussichtsturm, von dem man einen hervorragenden Blick auf die Skyline von Boston hat und einen noch besseren Aufwind zum Steigenlassen von Drachen. Vom Parkplatz bis dahin dauert der Marsch etwa eine Viertelstunde. Der Aussichtsturm hat zwei Plattformen. Kinder rannten rauf und runter und kreischten sich über die Geländer zu. Über uns tanzten mehrere Drachen in der Luft, einer davon stellte eine große Fledermaus dar. «Ein gutes Omen», sagte ich und deutete auf das Ungetüm.

Pam mußte lachen.

Wir hatten noch nicht allzu lange die Gegend betrachtet, als links unter uns Jane hinter den Bäumen zum Vorschein kam. Sie sah sich sorgfältig um, erspähte uns dann auf der Plattform. Pam winkte, ich lächelte möglichst vertrauenerweckend. Jane sagte irgendwas nach hinten, und Rose kam zum Vorschein. Pam winkte wieder, Rose winkte zurück, und ich lächelte noch vertrauenerweckender. Ich wußte, mir stand der eigentlich dicke Brocken der ganzen Sache bevor. Leuten wie Powers konnte man mit Geld beikommen oder auch mit Angst, wenn man am längeren Hebel saß. Aber Fanatiker wie Rose und ihresgleichen waren unberechenbar. Der Fanatismus verändert nicht nur die normalen Wertempfindungen, sondern auch die Impulse eines Menschen. Er macht immun gegen Furcht, Habgier, Liebe. Ich hatte etwas gegen Fanatismus jeder Art, aber davon verschwand er noch nicht aus der Welt. Und jetzt mußte ich diese beiden Fanatikerinnen dazu bewegen, mein Spiel mitzumachen, oder der ganze Plan war im Eimer und möglicherweise die Shepards dazu.

Als Rose und Jane auf der Plattform ankamen, lief Pam hin. Sie umarmte Rose, nahm gleichzeitig Janes Hand und drückte sie zärtlich.

«Toll, euch beide wiederzusehen», sagte sie.

«Geht's dir gut?» fragte Rose.

«Ja, ja, mir geht's gut. Ich wohne in seinem Apartment.»

«Mit dem da zusammen?» Rose sah plötzlich wie eine Tigerin aus.

«Aber nein», sagte ich so, wie ich mit meiner Mutter in solchen Fällen zu reden pflegte. «Nein, ich bin zur Zeit unten am Cape, arbeite da an einem Fall. Außerdem habe ich eine Freundin, Susan Silverman.»

Rose meinte zu Pam: «Wie gnädig von ihm.»

Jane meinte zu Rose und Pam: «Ich traue dem immer noch nicht.»

«Das könnt ihr aber», sagte Pam. «Wirklich, der ist in Ordnung.»

Ich legte noch ein Gramm mehr Vertrauenswürdigkeit in mein Lächeln. Die Gesichtsmuskeln taten mir weh. Jane musterte mich von oben bis unten. Offensichtlich suchte sie meinen Körper nach empfindlichen Stellen ab.

Schließlich sagte Rose: «Ungeachtet der Frage, ob wir ihm trauen können oder nicht, läßt sich vielleicht geschäftlich mit ihm reden. Mein Urteil über seine Vertrauenswürdigkeit werde ich mir später bilden. Wie genau heißt sein Angebot?» Bis jetzt hatte sie mich nicht direkt angesprochen, obwohl ihre Augen mich skeptisch anstarrten. «Also?»

«Ich kann Ihnen die Waffen besorgen, die Sie brauchen. Für einhunderttausend Dollar. Inklusive Munition. Keinerlei Formalitäten.»

«Warum dieses Angebot?»

«Ich bekomme eine Kommission.»

Rose nickte, und Jane meinte: «Das ist vielleicht ein Grund, ihm zu trauen.»

«Ich nehme an», sagte Rose, «wir sollen Ihnen das Geld geben, und Sie beschaffen uns dann die Waffen? Und wenn die Lieferung dann nicht eintrifft, und wir rufen Sie an, dann sind Sie plötzlich verzogen.»

Pam fiel ein. «Nein, Rose, glaub mir, er ist kein unehrlicher Typ.»

«Fast jeder ist unehrlich, Pam. Wir sind doch keine Ziegen.» Letzteres zu mir. «Sie setzen wohl voraus, Frauen kriegen so was nicht hin. Für Sie ist Waffenhandel eine rein männliche Angelegenheit, was?»

«Ich setze überhaupt nichts voraus. Ich weiß aber, daß Amateure in diesem Geschäft aufgeschmissen sind. Wenn Sie Glück haben, werden Sie nur um Ihr Geld erleichtert. Haben Sie Pech, landen Sie hinter Gittern.»

«Und wieso sollen wir Ihnen abnehmen, daß Sie selbst uns nicht um unser Geld erleichtern wollen?» Nach den physischen suchte Jane jetzt offensichtlich verbale Angriffspunkte.

«Sie haben mein Wort, ebenso das Wort von Pam, die zu Ihnen gehört. Habe ich Sie etwa bis jetzt hintergangen? Habe ich Pam ihrem Mann verraten oder gar den Cops? Sie haben eine Bank überfallen und einen alten Mann getötet. Der war früher bei der Polizei in New Bedford. Und Sie können Gift darauf nehmen, die suchen Sie bis ans Ende Ihrer Tage. Sind Sie da etwa in der Lage, sich nach einer Waffenquelle umzutun? Stellen Sie sich vor, es spricht sich in einschlägigen Kreisen herum, eine Gruppe Frauen will einen Waffenkauf tätigen. Was meinen Sie wohl, wer der erste Händler wäre, der sich mit Ihnen in Verbindung setzt?»

«Bis jetzt scheinen Sie's zu sein», sagte Rose.

«Ja. Und Sie wissen, wer ich bin. Aber den nächsten kennen Sie nicht. Und Sie können Gift drauf nehmen, daß das ein Geheimagent vom FBI ist, der im Untergrund arbeitet, oder ein getarnter Fahnder vom Schatzamt, vielleicht eine Frau, eine nette schwarze Frau, bis oben hin voller Rassenhaß, den Anti-Machismo-Schrei auf den Lippen, kurz: eine Schwester, die ihren Schwestern gern aushelfen will für das höhere Ziel. Dann kreuzen Sie mit dem Geld auf, und die kreuzt mit fünfzehn Cops und ein paar Streifenwagen auf.»

«Er hat recht», sagte Pam. «Er kennt sich in diesen Dingen aus, wir nicht. Wer anders sollte uns die Waffen besorgen, dem wir mehr trauen könnten?»

«Vielleicht sollten wir einfach eine Weile auf dem Geld sitzenbleiben», sagte Rose.

Ich schüttelte den Kopf. «Nein, genau das können Sie nicht. Denn dann unterscheidet Sie nichts von gewöhnlichen Verbrechern, dann sind Sie ganz einfach Bankräuber und Mörder. Jetzt sind Sie eine Revolutionärin, die für ihre Ziele tötete. Wenn Sie aber das Geld einfach behalten, dann hatten Sie auch keine innere Berechtigung, den alten Mann umzubringen.»

«Ich hab ihn getötet», sagte Jane, offensichtlich stolz auf diese Tat. «Nicht Rose, ich war's. Er versuchte uns aufzuhalten, und da hab ich ihn erschossen.»

«Das macht keinen Unterschied», sagte ich. «Sie ist Mittäterin und genauso verantwortlich wie Sie. Da spielt es keine Rolle, wer nun abgedrückt hat.»

«Wir kommen auch ohne Ihre amateurhaften Psychoanalyse-Versuche aus, Spenser», sagte Rose. «Wie hindern wir Sie daran, unser Geld zu nehmen und abzuhauen?»

«Ich bin nur der Makler. Sie und der Waffenverkäufer treffen sich, von Angesicht zu Angesicht. Sie inspizieren die Waffen, er das Geld.»

«Und wenn die nicht in Ordnung sind?»

«Prüfen Sie das Zeug, bevor Sie den Handel abschließen.»

Sie schwiegen.

«Wenn Sie sich mit dem speziellen Waffentyp nicht auskennen, werde ich Ihnen helfen. Haben Sie überhaupt schon darüber nachgedacht, welche Art Waffen Sie haben wollen?»

«Jede Art», sagte Jane. «Hauptsache, sie schießen.»

«Nein», sagte Rose. «Seien wir ehrlich, Jane. Wir verstehen nicht viel davon. Wir brauchen Waffen, die für den Guerillakampf geeignet sind. Unter anderem auch Handfeuerwaffen, die man leicht verbergen kann. Und, würde ich sagen, auch irgendeine Art Maschinengewehre.»

»Meinen Sie Maschinenpistolen oder die großen Geräte auf Ständern? Die doch wohl kaum?»

«Stimmt. Wie auch immer die genaue Bezeichnung ist. Ist das Ihrer Ansicht nach richtig?»

«Ja. Ich werde mit meinem Händler darüber sprechen. Sonst noch spezielle Wünsche?»

«Schießen müssen sie, schießen», sagte Jane.

«Also sind wir miteinander im Geschäft?» fragte ich.

«Lassen Sie uns einen Moment beratschlagen, Mr. Spenser», sagte Rose, und die drei Frauen verzogen sich in eine Ecke.

Die Konferenz dauerte ungefähr fünf Minuten. Dann kam Rose zu mir herüber. «Okay, wir sind uns einig. Wann können Sie die Waffen besorgen?»

«Ich muß dann mit Ihnen Kontakt aufnehmen. Dauert wahrscheinlich zwei Tage.»

«Unsere Adresse oder Telefonnummer bekommen Sie keinesfalls.»

«Brauche ich nicht.» Ich gab ihr meine Karte. «Ich hinterlasse eine Nachricht bei meinem Antwortdienst. Die Nummer steht da. Rufen Sie dort jeden Tag mittags an. Machen Sie's ruhig per R-Gespräch.»

«Wir nehmen nichts geschenkt, Mr. Spenser.»

22. KAPITEL

Rose und Jane pirschten sich so vorsichtig davon, wie sie gekommen waren. Sie hatten angebissen. Das Ding konnte klappen. Jane hatte mir nicht einmal in den Unterleib getreten.

«Die Sache läuft», sagte ich zu Pam.

«Passiert den beiden was dabei?»

«Lassen Sie das meine Sorge sein.»

«Aber dann würde ich mich wie Judas fühlen. Die trauen Ihnen doch nur, weil ich für Sie gebürgt habe.»

Wir fuhren durch die Außenbezirke von Boston. Der Berufsverkehr kam uns entgegen. «Irgend jemand muß dran glauben», sagte ich. «Der alte Mann hinterläßt eine offene Rechnung. Und Sie haben sich nur darum zu kümmern, daß Sie es nicht sind, die zur Kasse gebeten wird.»

«Verdammt, Spenser, verrate ich die beiden?»

«Ja.»

«Sie Hurensohn!»

«Vorsicht. Wenn Sie mir in den Unterleib treten, während ich am Steuer sitze, kann das einen Verkehrsunfall verursachen.»

«Ich mache da nicht mit. Ich werde sie warnen. Sobald ich zu Hause bin.»

«Erstens können Sie die beiden nur erreichen, wenn Sie eine Annonce in der Zeitung aufgeben, und das ist jetzt unmöglich. Zweitens: Wenn Sie sie warnen, dann liefern Sie sich und Ihren Mann ans Messer. Seine Schwierigkeiten sind genauso groß wie Ihre, und die Lösung ist nicht zuletzt davon abhängig, daß Sie bei Rose und Jane Ihre Rolle spielen.»

«Wieso? Was ist los? In welchen Schwierigkeiten steckt Harvey? Und die Kinder? Sind die okay?»

«Alle sind okay, im Moment wenigstens. Aber Harv ist an einen Geldhai geraten. Ich wollte Ihnen das nicht sagen, aber Sie können mir nicht vertrauen, wenn ich Sie belüge, und Sie stellen dauernd Fragen.»

«Sie haben kein Recht, mich zu manipulieren. Auch nicht, wenn es zu meinem eigenen Besten wäre. Wahrscheinlich gerade dann nicht.»

«Darum schenke ich Ihnen ja auch reinen Wein ein. Es wäre besser für Sie, wenn Sie nichts wüßten, aber Sie haben ein Recht auf die Wahrheit.»

«Also dann: Was, zum Teufel, ist nun los?»

Ich berichtete ihr alles, von Anfang bis Ende. Nur daß Hawk einem ihrer Kinder gegenüber tätlich geworden war, verschwieg ich zur Vorsicht. Mutterinstinkte sind stärker als der Rollen-Befreiungsdrang.

«Du lieber Himmel», meinte sie. «Wie weit ist es mit uns gekommen.»

«Auf jeden Fall sind Sie in Gefahr gekommen. Und der einzige Ausweg ist, zu tun, was ich sage. Und dazu gehört, daß wir Rose und Jane ausliefern.»

«Ich kann sie nicht so ... hintergehen.»

«Hintergehen hört sich schon besser an als verraten. Trotzdem ist es Unsinn. Sie haben wenig Alternativen, und die hören sich in Ihren Ohren wahrscheinlich alle mies an. Aber wenigstens ist klar, daß Ihre Kinder eine Mutter brauchen und Ihr Mann eine Frau. Und schließlich haben Sie Ihr Leben zu leben. Sie sind eine hübsche, intelligente Frau in der Mitte eines Lebens, das auch für Sie immer noch lebenswert sein kann.» Wir waren jetzt in der Stadtmitte. «Irgend jemand muß für den pensionierten Polizisten, der bei dem Bankraub draufging, büßen. Und wenn das Rose und Jane sind, werd ich keine Tränen vergießen. Als der alte Mann sich ihnen in den Weg stellte, haben sie ihn ausgepustet wie eine Kerze. Und wenn wir King Powers an dieselbe Angel bekommen, würde ich sagen, das wäre auch kein Verlust für die Menschheit.»

Ich bog in die Marlborough Street ein und parkte vor dem Hydranten an meinem Apartmenthaus. Wir gingen schweigend nach oben. «Ich mach uns was zu essen», sagte ich drinnen. «Wollen Sie einen Drink?» Ich fand meine Stimme unnatürlich rauh. Daß wir beide allein in meiner Wohnung waren, machte uns befangen. «Ich trinke ein Bier», fügte ich hinzu und gab mir Mühe, mir nichts anmerken zu lassen.

«Dann nehm ich auch eins.»

Ich holte zwei Dosen Utica Cream aus dem Kühlschrank, öffnete sie, gab ihr eine. «Spaghetti?»

«Ja, wäre prima.»

Ich nahm eine Dose Tomatensoße aus dem Tiefkühlfach und gab den Inhalt in einen Topf.

Pam Shepard lehnte in der Küche an einem der Frühstückshocker. Die Beine hatte sie vor sich ausgestreckt, das leichte Sommerkleid spannte über ihren Schenkeln. Ich bemühte mich, nicht hinzusehen. Sie nippte von ihrem Bier.

«Schmeckt's?» fragte ich.

Sie nickte.

«Und mein Plan?»

Pam zuckte die Schultern.

«Na schön, er gefällt Ihnen nicht. Aber die Frage ist, machen Sie mit? Tun Sie's. Schmeißen Sie sich nicht weg. Ich kann Sie aus dem Schlamassel holen. Lassen Sie mich's tun.»

«Ja», sagte sie schließlich. «Ich finde mich selbst zum Kotzen, aber ich werde mitmachen. Harvey zuliebe und wegen der Kinder. Aber wahrscheinlich vor allem wegen mir selbst.»

Gott sei Dank. Wieder einmal konnte eine Frau meinem Charme nicht widerstehen.

«Na also», sagte ich und öffnete zur Feier noch eine Dose Bier. Dann setzte ich das Wasser für die Spaghetti auf und bereitete den Salat vor.

Sie beobachtete mich. Hin und wieder lächelte ich ihr zu, schließlich konnte ich meinen Charme nicht so schnell versiegen lassen.

«Ich werde aus Ihnen nicht klug», sagte sie.

Ich schnitt eine Zwiebel. «Meinen Sie, wie jemand mit meiner Begabung in so einem Job landen konnte?»

«Nein, ich meine mehr die Widersprüchlichkeiten in Ihrem Charakter. Sie sind ein lebendes Denkmal des Machismo, und trotzdem sind Sie fürsorglich, geradezu feinfühlend. Sie sind mit all diesen Muskeln bepackt und lesen Hunderte von Büchern. Sie sind ein sarkastischer Hund, der sich um nichts schert, und haben sich ernsthafte Sorgen gemacht, daß ich nein sagen könnte und daß dann zwei Leute, die Sie nicht mal besonders mögen, den Bach runtergehen würden. Und jetzt stehen Sie da und kochen mir mein Essen, und Sie sind offensichtlich nervös, mit mir allein hier in der Wohnung zu sein.»

«So offensichtlich?»

«Allerdings. Warum?» Sie hatte die Arme unter den Brüsten verschränkt, mit entsprechendem Ergebnis.

«Ich versuche, Sie und Harv wieder zusammenzubringen. Da wäre ein Techtelmechtel mit Ihnen kaum eine Hilfe. Und außerdem wäre Suze nicht gerade entzückt.»

«Wieso müßte sie es denn erfahren?»

«Wenn ich ihr's nicht sage, wäre ich ihr gegenüber nicht offen. Und dann könnte sie mir nicht trauen.»

«Also beichten Sie jeden Seitensprung?»

«Jeden, den sie wissen muß.»

«Waren es viele?»

«Ein paar.»

«Und Susan? Ist sie sauer?»

«In der Regel nicht. Zumindest nicht, wenn es sich um

jemand handelt, den sie nicht kennt. Aber ihr beide kennt euch. Ich glaube, das würde sie verletzen. Besonders jetzt. Wir stehen an einer Art Scheideweg.»

Pam Shepard lachte mit leicht resigniertem Unterton. «Eigentlich schade. Hatte mir wirklich überlegt, wie es wäre, mit Ihnen ins Bett zu gehen. Und der Gedanke schien mir nicht unangenehm.»

Ich schluckte unwillkürlich.

«Aber nun wird nichts draus, wahrscheinlich auch besser so. Hinterher fühle ich mich meistens hundeelend. Seelisch, meine ich. Außer früher, bei Harvey.» Diesmal klang ihr Lachen rauh. «Und auch bei ihm habe ich mich zuletzt nicht mehr gut gefühlt, wenn ich ehrlich bin.»

«Wann war denn das letztemal?»

Sie sah mich nicht an. «Vor zwei Jahren.»

«Ist Ihnen das peinlich?»

«Ja. Sollte es das nicht? Ist so was nicht peinlich?»

«Kann sein. Auf der anderen Seite sind Sie ja kein Sexautomat. Man wirft ’nen Zehner rein, und los geht's. Wahrscheinlich wollten Sie einfach nicht mehr mit ihm schlafen.»

«Ich konnte es nicht mehr ertragen.»

«Und da dachten Sie und Harv, Sie wären frigide. Und um sich das Gegenteil zu beweisen, gingen Sie auf den Amateurstrich.»

«Klingt scheußlich, aber so war es wohl.»

«Unglück klingt selten hübsch.» Ich mischte den Salat. Die Soße kochte, ebenso das Wasser. Ich tat genügend Spaghetti für zwei in den Topf. «Viel Wasser», sagte ich. «Dann werden sie nicht so klebrig. Ich bin ein Spaghetti-Superstar.»

«Warum wollen Sie Harvey und mich unbedingt wieder zusammenbringen? Eigentlich geht Sie das doch gar nichts an. Oder ist das alles zum höheren Guten? Von wegen, Ehen werden im Himmel geschlossen und so weiter?»

«Ich glaube einfach nicht, daß Sie's richtig versucht haben.»

«Nicht richtig versucht? Zweiundzwanzig Jahre?»

«Lange genug schon. Aber richtig? Sie versuchten zu sein, was Sie nie waren, bis Sie es nicht mehr aushielten. Und jetzt halten Sie sich für frigide. Harv ist die ganze Zeit mit hängender Zunge seiner eigenen Größe hinterhergehetzt. Und er konnte sie nicht einholen, weil er Größe mit Erfolg verwechselte.»

Die Spaghetti schienen mir fertig. Ich versuchte eine Nudel. Genau richtig. Ich schüttete sie in ein Sieb, ließ sie abtropfen, tat sie mit etwas Butter in den Topf zurück, gab Parmesan dazu. Dann schüttelte ich das Ganze. Die Soße goß ich in eine Schüssel. «Bestecke sind in der Schublade.» Ich stellte das Essen auf den Frühstückstresen, dazu eine Flasche Burgunder.

Wir setzten uns, aßen und tranken.

23. KAPITEL

Ich schlief auf der Couch: Triumph der Tugend. Bevor Pam Shepard am nächsten Morgen aufwachte, war ich schon unterwegs. Um zehn Uhr saß ich im Holiday Inn in Hyannis und trank Kaffee mit King Powers' Adlatus Macey.

«Möchten Sie etwas Obst?» fragte Macey.

«Nein, danke. Der Kaffee reicht mir. Wann können Sie die Waffen liefern?»

«Vielleicht morgen, übermorgen bestimmt.»

«Was haben Sie auftreiben können?»

«M2-Karabiner, in ausgezeichnetem Zustand, je Stück hundert Schuß Munition.»

«Wie viele?»

«Vierhundertfünfzig.»

«Mann, das sind über zweihundert Dollar das Stück.»

Macey zuckte die Schultern. «Munition inklusive, vergessen Sie das nicht.»

«Mensch, Sie können so 'n Ding in einem Trödlerladen für weniger als die Hälfte bekommen.»

«So? Vierhundertfünfzig? Und M2er?»

«Stimmt», mußte ich zugeben. «Aber hunderttausend Dollar für vierhundertfünfzig Karabiner. Glaub kaum, daß meine Leute das schlucken.»

«Vergessen Sie nicht, Spence, Sie waren es, der zu uns kam.»

Ich liebte es, wenn man mich Spence nannte.

«Und Sie selbst bekommen dreißigtausend als Ihren Anteil.»

«Den Sie einbehalten.»

«Mensch, Spence, die schuldet Shepard uns. Wir könnten uns kaum lange im Geschäft halten, wenn wir unsere Klienten aus ihren Zahlungsverpflichtungen entließen. Und außerdem sind wir nicht an Harvey herangetreten, sondern er an uns. Genauso wie Sie. Wenn Sie unser Angebot ausschlagen wollen, steht es Ihnen völlig frei, woanders Ihr Glück zu versuchen. Sorgen Sie dann nur dafür, daß Harvey mit den dreißigtausend rüberkommt, die er uns schuldet. Eine Summe, die, nebenbei gesagt, am Montag wieder wächst.»

«Klar, ihr Privatverleiher arbeitet mit steigenden Zinssätzen.»

Macey hob lächelnd die Hände. «Was wollen Sie, die

Leute kommen zu uns. Insgesamt scheinen unsere Konditionen nicht so übel zu sein. Wollen Sie also die Karabiner oder nicht?»

«Ja.»

«Na prima. Dann ist der Handel perfekt. Wann wollen Sie die Ware übernehmen? Für übermorgen kann ich die Lieferung garantieren.» Er sah auf seine Kalenderuhr. «Den Siebenundzwanzigsten. Früher wäre ein Risiko.»

«Der Siebenundzwanzigste paßt uns ausgezeichnet.»

«Und wo soll die Übergabe stattfinden?»

«Egal. Haben Sie einen Vorschlag?»

«Ja. Kennen Sie den Großmarkt in Chelsea?»

«Ja.»

«Da soll's sein. Übermorgen um sechs Uhr früh. Um diese Zeit laden und entladen dort eine Menge Laster. Uns wird niemand beachten. Haben Ihre Leute ein geeignetes Fahrzeug?»

«Ja.«

«Okay. Also abgemacht. Werden Sie mit dabeisein?»

«Ja.»

«Ich nicht. Aber Sie müssen für unseren Mann, der die Transaktion leitet, hunderttausend Dollar in bar bereithalten. Gehen Sie in das Restaurant dort auf dem Großmarktgelände. Wissen Sie, wo das ist?» Ich nickte. «Trinken Sie dort eine Tasse Kaffee oder sonstwas. Man wird sich mit Ihnen in Verbindung setzen.»

«So geht das nicht», sagte ich.

«Warum nicht?»

«King muß persönlich liefern.»

«Wieso?»

«Meine Leute wollen ihre Geschäfte nur mit den Bossen selbst abwickeln. Denen gefällt auch nicht, daß sie sich meiner Vermittlung bedienen müssen. Sie wollen möglicherweise weitere Ladungen, aber sie wollen von nun an direkten Kontakt.»

«Vielleicht kann ich hingehen», meinte Macey.

«Nein. Es muß King selbst sein. Die wollen sichergehen, daß nichts schiefläuft. Wenn sie mit dem Boss persönlich zu tun haben, ist das für sie 'ne Art Garantie. Zum Beispiel dafür, daß sie nicht übers Ohr gehauen werden. Die haben Angst, daß sie sich zehn Kisten mit Bleirohren einhandeln. Oder daß es eine Schießerei gibt und Ihre Leute mit dem Geld abhauen. Wenn King selbst kommt, halten sie solchen faulen Zauber für ausgeschlossen. Das Risiko wäre ihm zu groß, meinen sie. Also King persönlich oder kein Geschäft.»

«Mr. Powers läßt sich nicht gern Vorschriften machen.»

«Ich auch nicht. Aber wir haben uns vernünftig verhalten, wir akzeptieren zum Beispiel Ihren Preis. Da kann er uns schon ein wenig entgegenkommen.»

«Ich kann Ihnen versichern, daß hier alles mit rechten Dingen zugeht. Niemand versucht, Ihre Leute übers Ohr zu hauen.»

«Ich glaube Ihnen das ja, Macey. Schließlich sitze ich hier und sehe Ihre ehrlichen blauen Augen. Aber meine Leute sitzen nicht hier. Die kennen Sie nicht und trauen Ihnen nicht. Es hat sie nicht mal beeindruckt, als ich ihnen sagte, daß Sie ein Mann mit Universitätsbildung sind.»

«Na gut. Dann lassen wir doch die ganze Sache. Und wir konzentrieren uns auf Harvey.»

«Und wir gehen zur Polizei.»

«Und Harvey erklärt denen, wozu er das ganze Geld brauchte, das wir ihm geliehen haben?»

«Besser, als euch klarzumachen, warum er nicht zahlen kann.»

«Das wäre ein schwerer Fehler.»

«Ja, vielleicht. Aber für euch auch. Wenn ihr Harvey dann umlegt, habt ihr die Bullen im Genick und außerdem mich, der dann alles dransetzt, euch auffliegen zu lassen. Und warum das Ganze? Nur weil King Powers zu faul war, einmal in seinem Leben früh um sechs jemanden zu treffen.»

Macey sah mich eine halbe Minute lang unverwandt an.

Ich sagte: «Ihr wollt Harvey und mich doch nicht in eine Ecke treiben, wo wir keine andere Wahl mehr haben, als zu den Cops zu rennen. Wo doch Harv so verzweifelt ist, daß ihm sogar die Aussicht, dem Staatsanwalt reinen Wein einzuschenken, lieber ist, als euch weiter ausgeliefert zu sein. Meine Leute sind nun mal eisenhart in diesem Punkt. Sie wollen ihr Geschäft mit dem Boss abwickeln. Und der ist Powers.»

«Also gut», sagte Macey schließlich. «Ich werde bei ihm nachfragen. Ich bin nicht autorisiert, derartige Entscheidungen für ihn zu treffen.»

«Ich weiß. Ohne sein Okay dürfen Sie sich nicht mal den Hosenstall zumachen, Schätzchen.» Macey sah mich noch mal eine halbe Minute lang an. Dann stand er auf und ging ins Nebenzimmer.

Er blieb etwa fünfzehn Minuten lang weg. Ich trank den Kaffee aus und bewunderte meine Adidas-Turnschuhe. Hervorragend geeignet für Tennis, Jogging und Fersengeld. Ich goß mir Kaffee nach. Er war kalt, und ich ließ ihn stehen. Ich ging zum Fenster und sah nach draußen auf den Swimmingpool. Das Wasser war blau wie der Himmel und voll mit Leuten, vor allem jungen. Auf den Liegestühlen legte man sich Bräune zu. Viel Fleisch, einiges davon gar nicht übel. Ich sollte Susan anrufen. Schließlich war ich die vergangene Nacht nicht heimgekommen. Am Ende hatte sie sich Sorgen gemacht. Ich hätte sie letzte Nacht anrufen sollen. Manchmal war es schwierig, alles im Kopf zu behalten, Pam Shepard, Harvey, Rose, Jane, King Powers und Hawk, die Cops in New Bedford, den ganzen Plan. Und die Tugend. Unten kam ein Mädchen mit langem blondem Haar zum Vorschein. Ihr Bikini war so klein, daß er mir eigentlich überflüssig erschien. Ich beobachtete sie immer noch, als Macey wiederkam.

«King ist einverstanden.»

«Na bitte, wer sagt's denn.»

«Das war gar nicht so einfach, Spence. Daß es klappte, haben Sie mir zu verdanken. Als ich ihm sagte, was Sie wollen, da hat er geantwortet, er würde Sie umlegen lassen.»

«Und Sie haben mich gerettet, Macey. Kann ich Ihnen das je vergessen?»

«Sie machen sich lustig, aber ich sage Ihnen, die Sache ging nur um Haaresbreite gut ... Hoffentlich haut das übermorgen hin, Spence, sonst pustet King Sie wirklich um. Da können Sie Gift drauf nehmen, Spence.»

«Macey, wenn Sie noch mal Spence zu mir sagen, dann trete ich Ihre Brille kaputt.»

24. KAPITEL

Um zwanzig nach elf war ich wieder im Motel. Auf der Kommode fand ich eine Nachricht von Susan. «Bin am Strand, gehe spazieren. Vielleicht war ich heute nacht auch nicht zu Hause?»

Ich rief meinen Antwortdienst an und hinterließ eine

Mitteilung für Rose. Sie sollte mich im Motel anrufen. Das Telefon klingelte um fünf nach zwölf.

«Wissen Sie, wo der zentrale Großmarkt in Chelsea ist?» fragte ich.

«Nein.»

«Ich werde es Ihnen erklären, also holen Sie einen Stift.»

«Hab einen.»

Ich erklärte es ihr. «Und wenn Sie da hinkommen, gehen Sie ins Restaurant, setzen sich an die Theke und trinken Kaffee. Um Viertel vor sechs werde ich auftauchen.»

«Ich will, daß Pamela mitkommt.»

«Warum?»

«Dann erscheinen Sie mir vertrauenswürdiger.»

«Mißbrauchen Sie da nicht Ihre Schwester?»

«Wir tun, was nötig ist. Die Sache verlangt das von uns.»

«Das haben Sachen so an sich.»

«Also, wird sie da sein?»

«Ich bringe sie mit.»

«Wir sind zur Stelle, mit unserem Teil des Handels.»

«Sie werden einen Laster brauchen.»

«Wie groß?»

«Nicht zu groß. Ein mittlerer Transporter tut's.»

«Wir werden einen mieten. Helfen Sie beim Verladen?»

«Ja.»

«Also gut. Wir sehen uns dort.» Sie legte auf.

Ich schrieb Susan eine Nachricht, daß ich zum Abendessen zurück wäre. Dann rief ich New Bedford an. Jackie Sylvia sagte, er und McDermott würden mich am Distriktsgericht in der County Street erwarten. Als ich dort ankam, lehnten sie jeder an einer Seite einer der weißen Eingangssäulen.

«Kommen Sie», sagte Sylvia, als ich aus dem Wagen stieg. «Wir müssen mit Linhares reden.»

Wir gingen in das Backsteingebäude und die Treppe rauf in den ersten Stock. Auf einer Tür stand: Anton Linhares – Stellv. Distr.-Staatsanw. Linhares stand auf, kam um seinen Schreibtisch herum und gab mir die Hand. Er war mittelgroß und mit dezentem Schick gekleidet, trug einen gepflegten Afro-Haarschnitt, dunklen Anzug mit Weste, rotgestreiften Schlips auf weißem Hemd. Seine Schuhe sahen nach Gucci aus und der Anzug nach Pierre Cardin. Der ganze Mann wirkte wie sein eigener zukünftiger Chef.

«Setzen Sie sich, Spenser, nett, Sie kennenzulernen. Jakkie und Rich haben mich unterrichtet. Ich sehe da weiter kein Problem. Wann soll die Sache steigen?»

«Übermorgen. Um sechs Uhr früh auf dem Großmarkt in Chelsea.»

«Gehört das zum Distrikt Suffolk oder Middlesex?»

«Suffolk», sagte ich.

«Sind Sie sicher?»

«Hab früher bei der Distriktsstaatsanwaltschaft Suffolk gearbeitet.»

«Okay. Dann brauche ich Unterstützung von denen.» Er sah auf seine große Digitaluhr. Die Zeit leuchtete auf Knopfdruck auf. «Aber das ist kein Problem. Ich werde Jim Clancy dort informieren. Der spielt auf jeden Fall mit.»

Er lehnte sich in seinem Drehsessel zurück und sah mich an. «Also, wie sieht die Sache genau aus?»

Ich erläuterte ihm alles.

«Wir gehen vorher in Stellung», ergänzte Sylvia, «und wenn die mitten in der Transaktion sind ...» Er hob die Hand und ballte sie zur Faust.

Linhares nickte. «Genau. Und dann haben wir sie sicher. Die eine Partei hat gestohlenes Geld, die andere gestohlene

Waffen. Hervorragend. Ich werde dabeisein. Von dieser Wurst will ich auch meine Scheibe.»

«Haben wir uns fast gedacht», meinte McDermott.

Linhares grinste. «Will doch nicht meinen Lebensabend auf dem Stuhl hier verbringen.»

Sylvia sagte: «Klar, aber passen Sie auf, daß vorher nichts an die Presse durchsickert.»

Linhares schüttelte den Kopf in gespielter Verzweiflung. «Gentlemen, wie unfreundlich.»

«Sylvia hat recht», sagte ich. «Es handelt sich hier um äußerst argwöhnische Leute. King Powers aus Gewohnheit, die beiden Frauen aufgrund ihres Temperaments. Die kleinste Kleinigkeit, und die machen 'ne Fliege.»

«Seh ich ja ein», sagte Linhares. «Und jetzt zu Ihren Leuten, Spenser. Wie wollen Sie diesen Teil der Geschichte handhaben?»

«Ich will, daß es die gar nicht gibt. Wenn's nötig ist, kann auf die beiden Bezug genommen werden als zwei anonyme V-Leute, deren Identität nicht enthüllt werden darf. Dasselbe gilt für mich. Wenn mein Name publik wird, kann ihrer auch rauskommen. Beide sind meine Klienten.»

«Aber ich muß die Namen wissen», sagte Linhares. «Nicht für die Anklageerhebung, sondern im Gegenteil, um sie draußen zu halten. Wenn sie mit im Netz landen, muß ich wissen, wen ich laufenlassen soll.»

Ich nannte ihm die Namen.

«Sind sie miteinander verwandt?» fragte er.

«Ja. Mann und Frau.»

«Und für die haben Sie die ganze Sache hingebogen?»

«Ja.»

«Wieso hat die Staatsanwaltschaft von Suffolk jemanden wie Sie überhaupt gehen lassen?»

«Ich kann's mir auch nicht erklären.»

«Na schön.» Linhares sah wieder auf die Uhr. Das Knopfdrücken machte ihm offensichtlich Spaß. «Jackie, Sie und Rich fahren morgen mit Spenser dorthin und bereiten die Sache vor. Ich werde Jimmy Clancy anrufen, der soll dort auf Sie warten.»

«Wir müssen das erst mit unserem Vorgesetzten klären», meinte McDermott.

«Keine Angst. Ich mach das mit Sergeant Cruz ab. Der soll Sie beide ein paar Tage lang mir und meiner Behörde unterstellen. Manny und ich sind alte Kumpel, der macht mit. Und Sie nehmen Bobby Santos ins Schlepptau. Der soll morgen mit Ihnen fahren und mich dann unterrichten.» Er drückte eine Taste am Telefon. «Peggy, verbinden Sie mich mit Jimmy Clancy von der Distriktsstaatsanwaltschaft Suffolk.» Mit einer Hand über der Sprechmuschel sagte er zu mir: «Prima Sache, Spenser, war nett, Sie zu sehen» und zu Sylvia und McDermott: «Euch beide auch, habt ihr wirklich gut gemacht.» Er nahm die Hand von der Muschel. «Hallo, Jimmy? Anton Linhares hier. Hab ein dickes Ding für Sie, mein Lieber.» Wir drei standen auf und gingen.

«Wer ist dieser Santos?» fragte ich draußen.

«Ein Staatspolizist. Der Mann ist okay. Will Commissioner für öffentliche Sicherheit werden, na gut, aber Ehrgeiz ist schließlich keine Krankheit. Stimmt's, Rich?»

«Keine Ahnung», sagte McDermott. «Hab nie welchen gehabt. Wollen Sie morgen mit uns fahren, Spenser, oder treffen wir uns dort?»

«Ich komme direkt hin», sagte ich. «Treffpunkt ist Clancys Büro. Gegen zehn.»

«Also, bis dann.» Wir waren bei meinem Wagen angekommen. Unter dem Scheibenwischer steckte ein Strafmandat. Ich nahm den Wisch und stopfte ihn Sylvia in die Brusttasche seines Blazers. «Zeigen Sie mal Ihren Einfluß hier, und biegen Sie die Sache ab», sagte ich. Als ich losfuhr, nahm Sylvia gerade den Zettel, riß ihn mittendurch und gab die andere Hälfte an McDermott weiter.

Auf der Fahrt zurück zum Cape hatte ich die Sonne hinter mir und, wie ich hoffte, ein kühles Bad vor mir. Sowie ein ausgiebiges Abendessen mit Susan. Vor dem Motel entdeckte ich ihren Nova auf dem Parkplatz. Als ich ins Zimmer kam, saß sie vor dem Spiegel, die Haare eingewickelt, das Gesicht unter einer dicken Maske aus Creme.

«Arrghh!» sagte ich.

«Du bist zu früh gekommen», sagte sie.

«Lenken Sie nicht ab, Lady», sagte ich. «Was haben Sie mit Susan Silverman gemacht?»

«Wird Zeit, daß du's erfährst, Darling. Das ist mein eigentliches Ich.»

«Himmel.»

«Heißt das, zwischen uns ist es aus?»

«Nein. Aber mach mir doch wenigstens die Hoffnung, daß die Fälschung Susan Silverman irgendwann wieder zum Vorschein kommt.»

«Na, vielleicht in zwanzig Minuten. Ich hab uns einen Tisch im Coonamessett Inn bestellt. Für sieben Uhr.»

«Wie wär's vorher mit Schwimmen? Und Tennis? Oder umgekehrt?»

«Nein. Hab mir gerade das Haar gewaschen. Ich will es nicht naß und verschwitzt haben oder umgekehrt. Geh du doch schwimmen, während ich mein wahres Ich wieder verstecke. Dann kannst du mir hinterher bei einem Drink erklären, wo du gesteckt hast und was nun eigentlich los ist.»

Ich schwamm eine halbe Stunde lang. Das Becken war

nur fünfzehn Meter lang, was eine Unzahl von Wenden bedeutete, aber trotzdem ging mein Puls am Ende ganz schön schnell.

Susans Anblick machte ihn nicht gerade langsamer. Die Creme war verschwunden, das Haar lang heruntergekämmt. Sie trug ein ärmelloses weißes Kleid und Ohrringe aus Jade. Als ich reinkam, malte sie sich gerade die Lippen an.

Ich duschte, rasierte mich und warf mich in meinen besten dunkelblauen Sommeranzug, scheute nicht einmal vor der Weste zurück. Dazu ein hellblaues Hemd, weiß-blauen Schlips, dunkle Socken, schwarze Schuhe. Im Spiegel sah ich so aus, wie ich mir Spenser zu solchen Gelegenheiten wünschte. Wie aus dem Ei gepellt. Ich steckte meinen Revolver in den Gürtel. Wurde eigentlich Zeit, mir eine Ausgehwaffe zu besorgen. Vielleicht mit Perlengriff und Wildlederhalfter.

«Bleib dicht bei mir», sagte ich, als wir zum Auto gingen. «Der Frauenklub von Hyannis will mich kidnappen und als Sexobjekt mißbrauchen.»

«Lieber tot als entehrt», sagte Susan.

Sie band sich ein Tuch um den Kopf, und mit heruntergelassenem Verdeck fuhren wir zu dem Restaurant. An der Bar tranken wir einen Cocktail. Dann geleitete man uns zu unserem Tisch mit Blick auf die See.

Zum Studium der Speisekarte erschien uns ein zweiter Cocktail angebracht. «Kein Bier heute?» fragte Susan.

«Paßt irgendwie nicht zur Gelegenheit. Aber zum Essen werde ich darauf zurückkommen.»

Ich bestellte Austern und gedünsteten Hummer, Susan Austern und gefüllten Hummer, im Ofen gebacken.

«Die Sache nimmt Gestalt an, Suze. Ich glaub, ich werd's schaffen.»

«Hoffentlich. Hast du Pam Shepard gesehen?»

«Ja. Gestern abend.»

«So?»

«Ja. Ich hab in meiner Wohnung übernachtet.»

«Und? Wie war's?»

«Kein Vergleich mit dir.»

«Das meine ich nicht. Wie du in dieser Sache mit ihr klargekommen bist, will ich wissen.»

«Sie spielt mit. Aber davon abgesehen, ist sie nicht in allzu guter Verfassung. Seelisch, meine ich. Du solltest mal mit ihr reden. Schätze, sie braucht 'ne Art Therapie.»

«Wieso? Hast du ihr nachgestellt und einen Korb bekommen?»

«Quatsch.»

Susan nickte. «Natürlich werde ich mit ihr reden, wenn du willst. Wann?»

«Wenn das vorbei ist. Wahrscheinlich übermorgen.»

«Wird mir ein Vergügen sein.»

«Ich hab nichts mit ihr angefangen.»

«Und ich hab nicht gefragt.»

Die Austern waren hervorragend, taufrisch. Wir machten uns schweigend darüber her. Erst beim Hummer berichtete ich Susan detailliert, was wir ausgeheckt hatten. Susan ist Meisterin im Hummeressen, während ich mir mit den Scheren und Schalen meist mittelschwere Verletzungen zufüge. Deshalb bestelle ich ihn nur noch in entpanzerter Form.

Als ich alles erläutert hatte, meinte Susan: «Schwierig, das alles im Kopf zu behalten, was? Alle Einzelheiten hängen zusammen, jeder Zug basiert genau auf dem vorhergehenden.»

«Ja, mich macht es auch ein bißchen nervös.»

«Merkt man dir aber nicht an.»

«Das gehört eben zu meinem Job, ich bin in diesen Dingen ziemlich versiert. Wird schon klappen.»

«Und wenn nicht?»

«Dann ist das Chaos perfekt, und ich muß mir was Neues einfallen lassen. Aber ich hab getan, was ich konnte, und ich versuche, mir den Kopf nicht über Dinge zu zerbrechen, die ich nicht mehr beeinflussen kann.»

Wir aßen ausgezeichnete Blaubeertörtchen zum Dessert und zogen uns an die Bar zurück: Irish Coffee. Auf der Rückfahrt ließ Susan ihr Haar ohne Tuch im Wind wehen.

«Wollen wir runter ans Meer?» fragte ich.

«Ja.»

Ich parkte an der Sea Street. Susan ließ ihre Schuhe im Auto. Es war spät, und am Strand trafen wir keine Menschenseele. Hand in Hand liefen wir am Meer entlang. Irgendwo oben in einem Haus spielte jemand eine Platte von Tommy Dorsey.

«Auf, schwimmen!» sagte ich.

Wir legten unsere Sachen auf einen Haufen, wateten in das kühle Wasser und schwammen nebeneinander vier-, fünfhundert Meter parallel zum Strand. Susan war eine ausgezeichnete Schwimmerin, und ich brauchte auf sie keine Rücksicht zu nehmen. Aber ich hielt mich kurz hinter ihr, um ihre weißen Schultern zu beobachten und ihre Arme, die fast lautlos in das Wasser tauchten. Von oben kam immer noch Musik. Susan hielt an und stellte sich hin, das Wasser reichte ihr bis zur Brust. Ich schwamm zu ihr, schloß sie in die Arme. Als sie mich küßte, mischte sich das Meersalz mit dem süßlichen Geschmack ihres Lippenstifts. Das Haar klebte ihr am Kopf, Tropfen glitzerten auf ihrem Gesicht, als sie zu mir aufsah.

«Hier im Wasser?» fragte sie.

«Hab's noch nie versucht.»

«Dabei würde ich ertrinken.» Sie drehte sich um und schwamm schnell zum Strand, ich hinterher. An der Flutlinie hatte ich sie eingeholt. Wir lagen im nassen Sand. Von oben erklang Frank Sinatras Stimme: «There are such things.» Die Wellen spülten uns um die Füße.

25. KAPITEL

Am nächsten Morgen frühstückten wir auf dem Zimmer. Als ich um halb neun nach Boston aufbrach, war Susan noch im Bett. Sie trank Kaffee und sah im Fernsehen die Today-Show.

Jim Clancy von der Distriktsstaatsanwaltschaft Suffolk trug ein Errol-Flynn-Bärtchen, das um so komischer wirkte, als sein Gesicht rund wie ein Vollmond war und das schüttere Haar sich auf hastigem Rückzug aus der Stirngegend zu befinden schien. Sylvia und McDermott waren schon da, außerdem zwei weitere Männer. Der eine wurde mir als Bobby Santos vorgestellt, der Mann, der Commissioner für öffentliche Sicherheit werden wollte. Der zweite hieß mit Nachnamen Klaus und kam vom Schatzamt.

«Drüben vor Ort warten ein paar Leute aus Chelsea auf uns», sagte McDermott. «Bobby weiß schon Bescheid, und jetzt wollen wir diese beiden Gentlemen ins Bild setzen.»

McDermott trug ein grünes T-Shirt, graue Cordhosen und Sandalen. Sein Revolver steckte im Gürtel. Klaus war in eine Art Strandsmoking gekleidet, mit weißem Hemd und gepunkteter Fliege. Er sah McDermott an, als handle es sich um ein ekliges Insekt, und richtete seine Worte an Sylvia.

«Welche Rolle spielt Spenser in der Sache?»

«Warum fragen Sie ihn nicht selbst?»

«Weil ich Sie frage», sagte Klaus.

Sylvia sah McDermott an. Der stöhnte. «Du lieber Himmel!»

«Hab ich dir schon mal erzählt», sagte Sylvia zu seinem Kollegen, «warum Schwule Fliegen tragen?»

«Ich bin derjenige», sagte ich zu Klaus, «der das alles arrangiert hat. Ich kenne die Beteiligten und beaufsichtige den Handel. Ich bin das, was man die Schlüsselfigur nennen könnte.»

Clancy war ungeduldig. «Machen Sie schon, McDermott. Geben Sie uns die Details. Wir wollen mit den Vorbereitungen vorankommen.»

McDermott holte aus der Brusttasche ein zerknautschtes Päckchen Zigaretten, nahm einen krummgedrückten Glimmstengel heraus und zündete ihn sich an.

«Also», fing er an, «Jackie und ich saßen eines schönen Tages nichtsahnend im Büro und machten uns unsere Gedanken über die Welt im allgemeinen und das Verbrechertum im besonderen, da geht die Tür auf, und diese Schlüsselfigur hier erscheint. Wie aus heiterem Himmel.»

«Um Himmels willen!» sagte Klaus. «Kommen Sie endlich zur Sache.»

«Rich», mahnte Santos.

«Ja, schon gut, Bobby. Ich will nur nicht zu schnell vorgehen, damit der Superpolizist hier mitkommt.»

Betont umständlich schilderte McDermott die Einzelheiten. Um halb sechs sollten zwei Lieferwagen in den Großmarkt fahren und an verschiedenen Verladerampen halten, zu beiden Seiten des Restaurants. In den Kleinlastern würden sein: McDermott, Sylvia, Santos, Linhares, Klaus, mehrere Polizisten aus Chelsea und zwei Mann von der Staatspolizei aus Clancys Abteilung. Im richtigen Zeitpunkt würde ich das Signal geben, indem ich beide Hände in die Seitentaschen steckte. «Und dann werden wir wie der Blitz über sie kommen», schloß McDermott. «Ich, Jackie und der Nachfahre Edgar J. Hoovers hier.»

Clancy öffnete einen großen Umschlag und brachte Fotos von King Powers zum Vorschein. «Das ist Powers. Den hatten wir in der Kartei.»

«Die beiden Frauen», sagte ich, «werde ich Ihnen beschreiben müssen.» Ich tat mein Bestes. Klaus machte sich Notizen. Sylvia reinigte seine Fingernägel mit einem Taschenmesser. Die anderen saßen still da und hörten mir zu. «Sehr gute Beschreibungen, Spenser», sagte Klaus, als ich fertig war.

McDermott und Sylvia sahen sich vieldeutig an. Hoffentlich saßen Klaus und die beiden am nächsten Morgen nicht im selben Wagen.

«Noch Fragen?» sagte Clancy.

«Haftbefehle?» fragte Santos.

«Werden besorgt. Morgen früh sind sie da.»

Santos hatte noch etwas auf dem Herzen. «Und was ist von wegen Manipulation von Beweismaterial?»

«Wieso Manipulation?» fragte Sylvia. «Ein Informant gab uns den Tip für einen illegalen Waffenhandel großen Stils. Wir stellten den Beteiligten eine Falle und hatten Glück.»

Clancy nickte. «Genau. Wir nehmen nur die Beteiligten fest. Mit Spensers Doppelspiel haben wir nichts zu schaffen.»

Ich sagte: «Eine der von mir geschützten Personen wird

wahrscheinlich anwesend sein. Pamela Shepard. Möglicherweise werden Sie die auch festnehmen müssen. Wenn das der Fall ist, dann halten Sie die Frau von den anderen getrennt und übergeben Sie sie mir, sobald die übrigen weggebracht werden.»

«Sie reden, als kommandierten Sie die Operation», sagte Klaus.

«Hörst du, Jackie?» sagte McDermott. «Eine Operation ist das. Mann, wir sind an einer Operation beteiligt.»

Clancy sagte: «In dem Punkt sind wir uns einig, Clyde. Wir lassen ihm die Frau und ihren Mann gegen Powers und die beiden militanten Weiber.»

«Clyde», sagte Sylvia zu McDermott. «Hast du's gehört?»

«Clyde Klaus.» McDermott grinste über das ganze Gesicht.

Klaus lief rot an.

«Clyde Klaus», widerholten Sylvia und McDermott im Chor und brachen in ein Kichern aus.

Santos hatte genug. «Hört auf, ihr beiden Clowns. Wir haben ernsthafte Arbeit vor uns. Cruz hat euch für diese Sache mir unterstellt. Also hört gefälligst auf mich.»

Sylvia und McDermott zwangen sich zum Ernst. Wenigstens wurde aus dem Kichern ein verhaltenes Glucksen.

«Sonst noch was?» fragte Clancy. Er sah uns nacheinander an. «Okay, dann wollen wir mal das Schlachtfeld besichtigen.»

«Dabei werd ich lieber schwänzen», sagte ich. «Gehe dann später allein hin. Wenn jemand von denen den Ort, wie Klaus hier sagen würde, unter Beobachtung hält, und ich tauche da mit ein paar Leuten auf, die eine Meile gegen den Wind nach Bullen riechen, wäre das nicht so gut.»

«Und wenn die Sie allein dort sehen, denken sie, Sie orten als vorsichtiger Mann das Gelände der Transaktion», sagte Santos.

«Kennen Sie den Ort?» fragte Clancy.

«Ja.»

«Gut. Die Beamten aus Chelsea stehen unter dem Kommando von Lieutenant Kaplan, wenn Sie da etwas brauchen.»

Ich nickte. «Danke. War mir ein Vergnügen, Gentlemen. Bis morgen also.» Als ich in der Tür war, hielt ich den rechten Daumen hoch. «Erfolgreiche Jagd, Clyde», sagte ich und schloß die Tür hinter mir. Ich hörte noch, wie Sylvia und McDermott wieder zu kichern anfingen und Klaus sagte: «Jetzt habe ich aber ...»

Draußen kaufte ich mir an einem Stand zwei Würstchen und eine Limonade und setzte mich zum Lunch an den Brunnen auf dem Rathausplatz. Um mich herum lunchten Dutzende von Frauen, die in den Büros der Stadtverwaltung und Distriktregierung arbeiteten. Ich versuchte, unter ihnen eine Rangordnung aufzustellen. Die Kriterien waren ihre mutmaßliche Eignung als Sexobjekte. Bei Nummer sechzehn mußte ich Schluß machen. Mein Lunch war alle, und ich hatte noch zu tun.

Chelsea ist eine schäbige, halbverrottete Stadt am anderen Flußufer, von ihren Einwohnern heiß geliebt. Altwarenhändler, Teppichverkäufer, Reifenlager und ein weites, leeres Areal, wo ein Großbrand den größten Teil der Bausubstanz vernichtet hatte, waren ihre Hauptmerkmale. Im Nordwesten lag der New-England-Großmarkt, eine der beiden Quellen, aus denen Boston seine Nahrungsmittel bezog. Es war ein trister Ort in der Nähe einer Ölraffinerie. Das Restaurant war in einem alten Eisenbahnwaggon eingerichtet. Ich stellte meinen Wagen daneben ab und ging hinein. Als ich am Tresen saß und nach draußen sah, machte ich eine Beobachtung, die mir nicht recht paßte: Mein Auto fiel in dieser Gegend eigentlich überhaupt nicht auf.

Ich bestellte ein Stück Zimtkuchen und schwarzen Kaffee und musterte die Szenerie. Im Grunde war das völlig überflüssig. Ich konnte noch gar nicht wissen, wo die Transaktion genau stattfinden würde. Wichtig würde nur sein, daß die Bullen auftauchten, sobald ich die Hände in die Seitentaschen steckte.

Im Restaurant war auch nicht viel Betrieb. Ich sah mich um, ob mich jemand beschattete. Niemand polierte, soweit ich sehen konnte, unter der Tischplatte eine Maschinenpistole oder machte sich die Nägel mit einem chinesischen Dolch sauber. Genau gesagt, niemand nahm überhaupt von mir Notiz. Daran war ich gewöhnt. Es gab ganze Tage, an denen niemand von mir Notiz nahm. Der Zimtkuchen war unten hart. Ich ließ den Rest stehen, zahlte und ging.

Durch Everett und Charlestown fuhr ich zurück nach Boston. Ich habe nie herausbekommen, aus welchem Grund die Straßen in Boston mittags genauso verstopft sind wie im Berufsverkehr. Bis zu meiner Wohnung brauchte ich fast fünfunddreißig Minuten. Pam Shepard ließ mich herein. Sie sah schick aus, wie immer, aber auch wie jemand, der Platzangst hat.

«Ich esse eben Suppe», sagte sie. «Wollen Sie auch welche?»

«Danke, ich hatte Lunch. Aber ich setze mich zu Ihnen und trinke eine Tasse Kaffee. Wir werden hier auf die bewährte Art noch eine Nacht zusammen verbringen.»

«Und dann?»

«Und dann, glaube ich, ist es geschafft. Dann können Sie nach Hause.»

«Nach Hause», wiederholte sie. «Mein Gott, wie weit weg mir das vorkommt.»

«Heimweh?»

«Ja, schon. Eigentlich sehr. Aber ich weiß nicht, was ... zu Hause, meine ich, was sich da verändert hat.»

«Das weiß ich auch nicht. Sie müssen hingehen und es rausfinden. Vielleicht hat sich gar nichts geändert. Aber morgen sitzen Rose und Jane im Knast, und Sie können hier nicht ewig bleiben. Meine Selbstbeherrschung hat auch Grenzen.»

Sie lächelte. «Nett, daß Sie das sagen. Was passiert morgen?»

«Die Transaktion. Wir fahren zum Großmarkt in Chelsea, morgen früh gegen sechs. Dann steigt die Waffengeschichte, und wenn das läuft, kommen die Bullen, und die Falle schnappt zu. Und Sie und Harv haben noch mal eine Chance.»

«Warum muß ich dabeisein? Ich meine, ich weigere mich gar nicht. Aber was soll ich dabei helfen können?»

«Sie sind eine Art Geisel. Rose meint, wenn Sie dabei wären, dann würde ich sie nicht hinters Licht führen. Sie traut mir nicht, aber sie weiß, daß ich Ihnen nichts geschehen lasse.»

«Das heißt, Rose denkt, wenn sie hopsgeht, dann gehe ich auch hops?»

«Das in etwa ist ihre Theorie. Ich sagte, das fände ich gar nicht schwesterlich von ihr, aber sie handelt, wie sie behauptet, im Interesse der Sache.»

«Du lieber Himmel! Ich glaube, Sie sind wirklich der einzige Mensch, auf den ich mich noch verlassen kann.»

Ich zuckte bescheiden die Schultern.

26. KAPITEL

Es regnete in Strömen und war noch dunkel, als ich aufwachte. Die Armlehne der Wohnzimmercouch hatte sich schmerzhaft in mein Genick gedrückt. Ich stellte den Wekker ab. Es war Viertel vor fünf. Ich duschte und zog mich an. Um fünf klopfte ich gegen meine Schlafzimmertür.

«Ich bin wach», sagte Pam Shepards Stimme.

Kurz danach erschien sie in meinem Morgenmantel und ging ins Bad. Ich überprüfte meinen Revolver. Dann stellte ich mich vor das Wohnzimmerfenster und sah nach unten auf die Marlborough Street. Der Regen machte kleine nasse Kreise auf dem Pflaster. Ich erwog, Kaffee zu kochen, entschied aber, daß es dafür zu spät war. Auf dem Großmarkt gab es schließlich das Restaurant in dem alten Eisenbahnwaggon. Ich zog meine rote Wetterjacke an und probierte aus, wie schnell ich in diesem Aufzug an meine Waffe kam. Wenn ich die Jacke offenließ, war das Ergebnis zufriedenstellend. Zwanzig nach fünf kam Pam Shepard aus dem Bad. Sie hatte ihr Haar gekämmt und trug Make-up. Immer noch in meinen Morgenmantel gehüllt, ging sie wieder ins Schlafzimmer und schloß die Tür. Ich nahm die Autoschlüssel aus der Hosentasche und steckte sie in die Jacke. Dann ging ich wieder ans Fenster und sah in den Regen hinaus. Regen faszinierte mich immer. Die Straßen sahen vielversprechender aus, wenn sie vor Nässe glänzten, und die Stadt war stiller. Genau um halb sechs kam Pam Shepard aus dem Schlafzimmer. Sie trug gelbe Hosen und eine schokoladenbraune Bluse. Darüber zog sie eine blaue Regenhaut und einen farblich darauf abgestimmten, breitkrempigen Südwester. «Ich bin fertig», sagte sie.

«Die Garderobe für alle Gelegenheiten», sagte ich. «Schätze, Sie haben Susan auch einen Safarihut auf die Einkaufsliste geschrieben, falls Sie hier in die Verlegenheit kommen würden, auf Großwild zu schießen.»

Sie lächelte, aber man merkte, es war ihr nicht sehr fröhlich zumute. Sie hatte Angst.

«Das wird der reinste Spaziergang», sagte ich. «Da werden mehr Cops als Mistfliegen rumschwirren. Und vergessen Sie mich nicht. Troubleshooter Spenser ist mit von der Partie.»

«Ich weiß», sagte sie. «Ich weiß, es wird alles gutgehen. Aber nach allem, was passiert ist, jetzt auch noch Gangster und Polizei. Und dann ist es so früh. Und der verdammte Regen. Und überhaupt, es hängt so viel davon ab.»

«Wir beide, Baby», sagte ich, «wir beide kommen aus der Sache fein raus.» Ich klopfte ihr aufmunternd aufs Knie. Mein Vater hatte das bei mir immer gemacht. Pam Shepard schien es nicht viel zu helfen. Zwölf Minuten vor sechs hielten wir neben dem Restaurant auf dem Großmarkt. Es war jetzt hell, aber ein graues, trostloses Licht und verdammt kalt für einen Sommermorgen. Die erleuchteten Fenster des Restaurants sahen geradezu verlockend aus. Um uns herum standen ungezählte Lastwagen und andere Autos. Der Großmarkt hatte seinen Hauptbetrieb sehr früh am Morgen. Ich ging davon aus, daß in zwei der Transporter unsere Truppen sprungbereit saßen, aber es gab keinen Anhaltspunkt, welche Fahrzeuge das waren.

Wir gingen in den alten Waggon und setzten uns an einen Tisch. Ich bestellte zwei Tassen Kaffee und zweimal Kuchen. Pam ließ ihren stehen. Ungefähr zwei Minuten nach sechs kam King Powers an, in einem Trenchcoat und mit karierter Golfkappe. Hinter ihm tauchte Macey auf, der einen Dufflecoat trug. Draußen vor der Tür entdeckte ich Hawk. Der schwarze Mann war in einen weißen Umhang mit Kapuze gehüllt, der wie Leder aussah.

«Wunderschönen guten Morgen, großer King», sagte ich. «Möchten Sie eine Tasse besten Javakaffee und ein Stück Kuchen? Meine Begleiterin hier mag ihren nicht.»

Powers setzte sich an den Tisch und starrte Pam an. «Das hier ist die Kundin?» fragte er.

«Eine davon. Die mit den Mäusen sind noch nicht da.»

«Die sollten verdammt noch mal besser hier auftauchen», sagte King. Macey setzte sich neben ihn.

«Das ist aber ein süßer Hut, King», sagte ich. «Ich erinnere mich, daß meine Tante Bertha so einen hatte.»

Powers beachtete mich nicht. «Wenn ich sage, sechs Uhr, dann mein ich sechs Uhr. Und nicht fünf nach sechs, verdammt.»

Rose und Jane kamen in das Restaurant.

«Welch ein Zufall, King», sagte ich. «Da sind sie.»

Ich sah die beiden an und machte eine Handbewegung nach draußen. Sie drehten sich um und gingen hinaus. «Gehen wir zu ihnen», sagte ich. «Da hängen uns nicht so viele Leute an den Lippen.»

Powers stand auf. Macey folgte ihm auf den Fersen, Pam und ich gingen hinterher. Als wir aus der Tür kamen, sah ich mir Hawk genau an. Umhang und Kapuze waren in der Tat aus weichem Leder. Hawk meinte: «Herrlicher Morgen, was, Boss?»

«Hast du was dagegen, wenn ich dir den Krauskopf kraule?» fragte ich. «Das bringt Glück.»

Hawks mächtige Schultern bewegten sich: Er lachte still in sich hinein. Ich ging den anderen nach, Hawk hielt sich einen Schritt hinter mir.

Auf dem Parkplatz stellte ich die Geschäftspartner einander vor. «King, Macey, Hawk, Rose, Jane, Pam. Also, jetzt, wo wir uns alle kennen, wollen wir frisch ans Werk.»

«Das Geld?» sagte Powers.

Jane zeigte ihm eine Einkaufstüte aus Plastik, die sie unter ihrem schwarzen Gummimantel trug.

«Macey, trag's zum Laster und zähl nach.»

«Woher wissen wir, daß er nicht damit abhaut?» sagte Rose.

Powers starrte sie an. «Verdammt noch mal, Schwester, was ist denn mit Ihnen los?»

«Wir wollen erst die Waffen sehen», sagte Rose.

«Sie sind im Laderaum des Transporters», sagte Macey. «Wir gehen rein, und Sie können die Ware prüfen, während ich das Geld nachzähle. So verlieren wir keine Zeit, und niemand kann den anderen über das Ohr hauen.»

«Okay», sagte Powers. «Ihr könnt das so machen. Ich verschwinde aus dem verdammten Regen. Hawk, Sie und Macey helfen denen, die Dinger umzuladen, wenn Macey mit Zählen fertig ist.»

Powers stieg in das Führerhaus eines gelben Ryder-Miettransporters und zog die Tür zu. Rose, Jane und Macey gingen nach hinten. Macey öffnete die Doppeltür, und die drei kletterten in den Laderaum. Hawk, Pam und ich blieben draußen im Regen stehen. Nach etwa einer Minute lehnte sich Rose hinten aus dem Transporter. «Spenser, könnten Sie für uns die Ladung prüfen?»

Ich sagte zu Pam: «Sie bleiben hier stehen. Ich bin gleich zurück.» Hawk lehnte regungslos am vorderen Kotflügel des Kleinlasters. Ich ging nach hinten und kletterte hinein. Die Waffen waren in den Originalkisten verpackt: M2-Karabiner. Ich prüfte zwei oder drei Stück. «Ja, die sind in

Ordnung. Jetzt können Sie Armeen von alten Männern umblasen.»

Rose ignorierte mich. «Gut, Jane, bring den Lieferwagen her. Spenser, Sie haben gesagt, Sie würden uns laden helfen.»

«Zu Diensten, Madam», sagte ich. «Hawk und ich bieten unsere starken Arme an.»

Macey nahm die Plastiktüte, sprang nach unten und ging nach vorn zu Powers ans Führerhaus. Er gab seinem Chef das Geld und kam wieder nach hinten. «Was meinen Sie, Spenser, können wir hier umladen?»

Wir befanden uns ein Stück hinter dem Restaurant. «Klar», sagte ich. «Der ideale Ort. Niemand in der Nähe. Hier beachtet uns sowieso keiner. Die laden und entladen den ganzen Tag.»

Macey nickte. Jane fuhr einen blauen Ford-Transporter rückwärts an den gelben Kleinlaster heran, Ladetür dicht an Ladetür. Sie stieg aus und zog die Türen von ihrem Fahrzeug auf. Ich ging den anderen Wagen entlang nach vorn, wo Pam und Hawk standen. «Hawk», sagte ich leise. «Die Bullen kommen gleich. Das hier ist eine Falle.» Hinten mühten sich Macey, Rose und Jane mit einer der Waffenkisten ab. «Hawk!» rief Macey, «Sie und Spenser sollten uns doch helfen.» Hawk ging stumm um die Vorderfront des Kleinlasters und verschwand hinter dem Restaurant. Ich steckte beide Hände in die Seitentaschen. «Bleiben Sie dicht bei mir», sagte ich zu Pam Shepard.

Aus einem Lastwagen mit der grellen Aufschrift «Rollie's Südfrüchte» kamen Sylvia, McDermott und zwei Staatspolizisten mit Schrotflinten zum Vorschein.

Jane schrie: «Rose!» Sie ließ ihr Ende der Kiste fallen, fuhr mit der Hand in die Manteltasche und brachte eine Pistole heraus. Sylvia schlug sie ihr mit dem Gewehrkolben aus der Hand. Jane krümmte sich zusammen, preßte den Arm an den Körper. Rose rief: «Jane!» und legte den Arm schützend um sie. Macey drückte sich um das Heck des Kleinlasters und landete direkt vor dem Lauf von Bobby Santos' Dienstpistole. King Powers regte sich überhaupt nicht. Klaus und drei städtische Polizisten von Chelsea liefen nach vorn, zogen die Tür zur Fahrerkabine auf. Einer der Cops, ein bulliger Kerl mit Säufernase, langte nach drinnen und zerrte Powers am Kragen heraus. Der sagte keinen Ton. Er sah mich nur starr an.

Ich sagte: «King, alter Junge, lassen Sie es sich gutgehen.» Ich nickte Jackie Sylvia zu, nahm Pam Shepard bei der Hand und ging mit ihr zu meinem Auto. Um sieben saßen wir in einem Schnellrestaurant an der Tremont Street und frühstückten: Rühreier mit Schinken, Toast und Hüttenkäse. Im Park gegenüber hingen die Zweige müde im Dauerregen.

«Warum haben Sie den Schwarzen gewarnt?» fragte Pam. Die Kellnerin füllte uns Kaffee nach.

«Ich weiß nicht. Ich kenne ihn schon so lange. Er war zu meiner Zeit auch Boxer, und wir haben oft zusammen trainiert.»

«Aber er gehört doch zu denen. Ich meine, er ist doch deren, wie nennt man das, Schläger, Knochenbrecher?»

«Ja.»

«Und dann lassen Sie ihn einfach gehen?»

«Ich kenne ihn seit vielen Jahren.»

27. KAPITEL

Wir fuhren in meine Wohnung zurück, um Pams Sachen zu holen. Als wir uns gegen halb neun nach Hyannis auf den Weg machten, regnete es noch immer wie verrückt. Das Wasser klatschte gegen die Windschutzscheibe. Um den Tag etwas aufzuheitern, schaltete ich im Autoradio eine örtliche Station ein, die von früh bis spät Jazzmusik sendete. Es half auch nicht viel.

Pam Shepard saß still neben mir und sah aus dem Fenster. Die Straße war fast leer. Kaum jemand fährt an solch einem Tag ans Cape.

«Als ich ein kleiner Junge war», sagte ich, «war ich ganz verrückt darauf, im Regen Auto zu fahren. Ich kam mir dann immer wie in einer eigenen, abgeschlossenen Welt vor.» Wir saßen im warmen Wageninneren, hörten die Musik, und draußen war alles naß und kalt. «Eigentlich mag ich es heute noch recht gern.»

Pam sah immer noch aus dem Fenster. «Ist jetzt alles vorbei?» fragte sie schließlich.

«Was?»

«Alles. Die Sache mit der Bank, Harveys Schwierigkeiten, das Versteckspiel, die ganze Angst? Und daß man sich dauernd zum Kotzen fühlt?»

«Ich glaube ja.»

«Was wird jetzt aus Harvey und mir?»

«Das muß sich zeigen. Ich meine, Sie beide können noch mal anfangen und es diesmal besser machen.»

«Wieso?»

«Weil in Ihrer Beziehung mit Harv Liebe im Spiel ist.»

«Scheiße!»

«Nein, eben nicht. Ich weiß, Liebe ist kein Allheilmittel,

und es ist auch nicht die einzig wichtige Sache auf der Welt, aber sie ist ein Orientierungspunkt.»

«Das ist doch romantischer Quatsch», sagte Pam. «Glauben Sie mir, Harv hat mir das Hohelied der Liebe seit zwanzig Jahren vorgesungen. Nichts als sinnloser Mist.»

«Nein. Sie haben eine schlimme Erfahrung gemacht und denken jetzt, dies sei die einzig mögliche Erfahrung. Aber Sie sind intelligent und mutig. Sie könnten und sollten sich psychotherapeutisch beraten lassen. Vielleicht bekommen Sie Harvey so weit, daß er das auch tut. Und wenn Sie mit einem erfahrenen Psychotherapeuten gesprochen haben, okay, vielleicht werfen Sie Harvey dann immer noch über Bord. Aber dann geschieht es aus den richtigen Gründen und nicht, weil Sie sich einbilden, frigide zu sein. Oder weil er das von Ihnen glaubt. Und dann hätten Sie andere Alternativen, als sich mit schwitzenden Baggerführern in billigen Hotelbetten rumzuwälzen.»

«Ist das so scheußlich, wie's klingt?»

«Natürlich ist das so scheußlich. Oder nehmen Sie die beiden halbgaren Weiber, denen Sie in die Fänge geraten sind. Das sind reine Theoretikerinnen, die haben mit dem wirklichen Leben nichts zu tun. Herzklopfen, verdorbene Mägen, nasse Füße, davon haben die keine Ahnung. Die kennen sich aus in der Macht des Phallus, im Kampf gegen den Machismo und im Umlegen von harmlosen alten Männern, die sich der guten Sache entgegenstellen.»

Sie sah mich zum erstenmal direkt an. «Warum sind Sie so böse?»

«Ich weiß es auch nicht. Vielleicht, weil Sie und Harv Ihre Zeit so sinnlos vergeuden.»

Sie schüttelte den Kopf. «Ich glaube, ich mag Sie sehr gern.»

«Das war nur eine Frage der Zeit.»

Sie sah wieder aus dem Fenster. Ich glaubte nicht, ihr die Sache richtig beigebracht zu haben. Vielleicht konnte Suze es besser. Oder es hatte überhaupt keinen Zweck, egal, was man sagte und wie.

Kurz nach zehn kamen wir im Motel an. Susan stöberten wir im Café auf. Sie las Zeitung.

«Alles gutgegangen?» fragte sie.

«Ja. Genau nach Plan.»

«Er hat einen von denen gewarnt», sagte Pam. «Und der hat sich davongemacht.»

Susan zog fragend die Augenbrauen hoch.

«Hawk», sagte ich.

«Verstehen Sie das?» fragte Pam.

«Vielleicht», meinte Susan. «Und sonst hat alles geklappt?»

Ich nickte.

«Gehen Sie nach Hause, Pam?»

«Werd ich wohl. Ich hab mich in Wirklichkeit noch nicht drauf vorbereitet. Aber es ist ja nicht mal ein Kilometer nach Hause. Da werd ich wohl hingehen.»

«Gut, Pam.»

«Ich rufe Harv an», sagte ich. «Wie wär's, wenn ich ihn herbitte, und dann können wir reden? Vor allem Suze kann dann mal sagen, was sie von der Sache hält.»

«Ja», sagte Pam. «Ich habe richtig Angst vor dem Wiedersehen. Ohne die Kinder und mit Ihnen beiden dabei wäre es mir lieber.»

Ich ging auf mein Zimmer, rief Shepard an und sagte ihm Bescheid. Er brauchte zehn Minuten, dann kreuzte er in der Lobby auf, wo ich ihn erwartete.

«Sitzt Powers im Gefängnis?» fragte er.

Ich sah auf die Uhr. «Nein, wahrscheinlich nicht mehr. Die Verhaftungsformalitäten sind inzwischen erledigt, und er hat seinen Anwalt da, der über die Kaution verhandelt. Powers wird seelenruhig im Wartezimmer sitzen, bis er nach Hause kann.»

«Verfluchte Kiste», sagte Shepard, «wollen Sie etwa sagen, der läuft frei rum und weiß, daß wir ihn aufs Kreuz gelegt haben?»

«Das Leben ist manchmal schwer.»

«Aber verdammt, dann ist er doch sofort hinter uns her! Sie haben mir nie gesagt, daß er gegen Kaution freikommen würde. Der weiß doch, daß wir ihn ans Messer geliefert haben.»

«Wenn ich Ihnen das gesagt hätte, dann hätten Sie nicht mitgespielt. Und hinter Ihnen wird er nicht her sein.»

«Wieso können die den einfach wieder laufen lassen? Und wie können Sie uns in solche Gefahr bringen?»

«Hinter Ihnen wird er nicht her sein, das sagte ich doch. Drüben im Café wartet Ihre Frau auf Sie.»

«Mann, wirklich? Wie geht's ihr?»

«Gut.»

«Ich meine, in welcher Verfassung ist sie? Hat sie gesagt, sie kommt nach Hause?»

«Sie sitzt da drinnen mit meiner Freundin Susan Silverman. Sie will Sie sehen, und wir beide sollen dabeisein. Und Sie beide müssen dann entscheiden, was geschehen soll. Im Moment will sie, glaube ich, zurückkommen. Machen Sie nur nicht alles wieder kaputt.»

Shepard holte tief Luft. Wir gingen zusammen ins Café. Susan und Pam saßen sich gegenüber. Ich setzte mich neben Susan. Shepard blieb am Tisch stehen und sah auf seine Frau hinunter. Sie blickte hoch. «Na, Harv?»

«Pam.»

«Setz dich doch.» Er setzte sich neben sie. «Wie geht es dir?»

Er nickte und starrte auf seine Hände.

«Die Kinder?»

Er nickte abermals. Er streckte eine Hand aus und legte sie ihr schüchtern auf den Rücken. Seine Augen waren feucht, und er sprach mit belegter Stimme. «Kommst du wieder zu uns?»

Sie nickte. «Für jetzt jedenfalls.» Auch ihrer Stimme war die Belastung anzumerken.

«Für immer?»

«Das müssen wir sehen.»

«Ich tu, was immer du willst», sagte er. «Wir fangen von vorn an, und du wirst sehen, in einem Jahr sitze ich wieder ganz oben. Alles, was du willst.»

«Es geht nicht darum, Harv, daß du ganz oben sitzt.» Ich fühlte mich wie ein Voyeur. «Es ist … es ist was ganz anderes. Die beiden glauben, wir brauchen psychologische Hilfe.» Sie deutete mit dem Kopf auf Susan und mich.

«Was verstehen die denn davon? Die wissen doch gar nichts von uns und von der ganzen Sache.»

«Ich werde nicht bei dir bleiben, Harv, wenn du da nicht mitmachst. Wir sind nicht nur unglücklich. Wir sind psychisch krank. Was wir brauchen, ist nicht eingebildetes Glück, sondern Heilung.»

«Und woher? Ich kenne überhaupt keine Seelenklempner.»

«Susan wird uns beraten. Sie kennt sich aus.»

«Wenn uns das hilft, wieder zusammenzuleben, dann tue ich's», sagte Shepard. Die Tränen liefen ihm über das Gesicht. «Was immer du willst.»

Ich stand auf. «Muß mal telefonieren.»

Sie beachteten mich überhaupt nicht. Ich ging ins Zimmer und rief Clancy in der Distriktsstaatsanwaltschaft von Suffolk an.

«Hier Spenser. Ist Powers schon auf freiem Fuß?»

«Augenblick, muß mal nachhören.»

Nach einer Weile kam seine Stimme wieder. «Ja, der ist weg.»

«Großartig.»

«Sie wußten doch, daß der gegen Kaution freikommt», sagte Clancy. «Sie kennen sich doch aus.»

«Ja. Vielen Dank.» Ich legte auf.

Als ich wieder ins Café kam, sagte Pam Shepard gerade: «Das ist einfach zu schwer für mich, die Last ist zu groß. Ich kann nicht der Mittelpunkt in euer aller Leben sein.»

Die Kellnerin brachte mir frischen Kaffee.

«Na und?» fragte Harvey. «Was sollen wir denn tun? Sollen wir dich nicht länger lieben? Soll ich den Kindern sagen, ihr dürft eure Mutter nicht mehr lieben, das wird zuviel für sie?»

Pam Shepard schüttelte den Kopf. «Nein ... das ist es ja nicht. Natürlich will ich von euch geliebt werden, nur ... immer so der Mittelpunkt sein zu müssen ... Ihr ladet mit eurer Liebe, wie du es nennst, doch die ganze Verantwortung auf mich ab. Ich kann das nicht. Das ist einfach zuviel Liebe. Ich muß dann schreien und wegrennen.»

«Mann, o Mann!» Harvey schüttelte den Kopf. «Das sollte mir mal passieren. Daß jemand mich zu sehr liebt. Mann, so wie du reagierst ... Ich weiß ja nicht mal, wo du gesteckt hast. Du weißt, wo ich war.»

«Ja. Und was du angestellt hast, du verdammter Dummkopf!»

Harv sah mich an. «Spenser, Sie Mistkerl, Sie haben's ihr gesagt.»

«Blieb mir nichts anderes übrig.»

«Na gut. Und? Ich hab's für die Kinder und für dich getan. Was hättet ihr von mir gehalten, wenn ich alles hätte den Bach runtergehen lassen? Was ist das für ein Mann, der so was zulassen würde?»

«Siehst du?» sagte Pam. «Immer ich, alles nur für mich, alles meine Verantwortung. Alles, was du tust, geschieht für mich.»

«Quatsch. Das ist doch ganz normal, wenn ein Mann für seine Familie sorgen will.»

«Doch Ihr eigenes Ich zu unterdrücken ist unnormal», sagte Susan.

«Was soll das nun wieder heißen?» rief Shepard.

«Schreien Sie Susan nicht an», sagte ich.

«Ich schreie gar nicht, aber verdammt, Spenser, sie will mir einreden, daß man krank ist, wenn man sich für seine Familie aufopfert.»

«Nein, das meint sie nicht, Harv. Sie sagt nur, Sie sollen mal irgendwas in Ihrem ureigensten Interesse, aus eigenem Antrieb und in eigener Selbständigkeit machen und sich nicht immer nur einreden, Sie opferten sich für Ihre Familie auf.»

«Was für ein Quatsch. Als ob ich nicht Sachen für mich selbst machen könnte.»

«Was zum Beispiel?» fragte ich.

«Zum Teufel, ich will auch Geld, natürlich will ich Geld verdienen. Geld und schöne Sachen will ich haben, für die Familie und ... ach, Scheiße! Auf welcher Seite stehen Sie eigentlich, Spenser, auf ihrer oder meiner?»

Pam Shepard vergrub das Gesicht in den Händen.

28. KAPITEL

Einige Zeit später gingen die Shepards nach Hause. Sie waren verlegen, unsicher und im Grunde wohl noch alles andere als versöhnt, aber sie benutzten wenigstens denselben Wagen. Susan und ich mußten ihnen versprechen, abends zum Essen zu kommen. Der Regen hatte aufgehört, und die Sonne schien auf einmal warm vom Himmel. Susan und ich gingen an den Strand. Wir schwammen und legten uns dann in den Sand. Ich hatte ein Transistorradio dabei, ein Geburtstagsgeschenk von Susan, und hörte die Übertragung vom großen Spiel der Sox gegen die Indians. Susan las Erikson. Ein sanfter Wind kam vom Nantucket Sound. Ich überlegte, wann Powers wohl aufkreuzen würde. Dagegen ließ sich nichts unternehmen, es gab kein Vorbeugungsmittel. Wenn er kam, kam er eben.

Die Sox verloren gegen die Clevelands. Ein Diskjockey begann sein Tageswerk mit «Fly Robin fly». Ich stellte den Apparat ab. «Glaubst du, daß sie es schaffen?» fragte ich.

Susan zuckte die Schultern. «Er hört sich nicht sehr ermutigend an, was?»

«Nein, aber er liebt sie.»

Sie machte eine Pause, dann: «Glaubst du, wir schaffen es?»

«Das haben wir doch schon.»

«Wirklich?»

«Ich finde ja.»

«Das heißt also Beibehaltung des Status quo?»

«Nein.»

«Was denn dann?»

«Das heißt, daß ich dir einen Heiratsantrag machen werde.»

Susan klappte das Buch zu. Sie sah mich lange an, lächelte. «Willst du das wirklich wagen?»

«Ja.»

«War's das schon?»

«Eigentlich ja, aber gut: Willst du mich heiraten?»

Nach einer weiteren Pause: «Ich weiß nicht.»

«Ich war der Ansicht, du dächtest ganz anders.»

«Der Ansicht war ich auch.»

«Daß du heiraten wolltest und böse auf mich warst, weil ich dir keinen Antrag machte.»

«Eben. Das habe ich immer gedacht. Aber ich glaube, ich wollte nur, daß du mich irgendwann fragen würdest. Auf den Antrag selbst kam es mir wohl gar nicht so an.»

«Und wie wirst du dich jetzt entscheiden?»

«Ich weiß nicht. Du hättest mich in der Hand, wenn du mir drohen würdest, mich zu verlassen. Ich möchte dich nicht verlieren.»

«Du wirst mich nicht verlieren.»

«Ich weiß. Aber es gibt da noch eine ganze Menge Dinge zu bedenken.»

«Welche zum Beispiel?»

«Wo würden wir wohnen?»

«Ach so. Du möchtest dein Haus nicht aufgeben. Und deine Arbeit.»

«Stimmt. Weder das noch die Stadt, in der ich fast zwanzig Jahre lang gelebt habe. Und die ich mag, wo ich Freunde habe und Gewohnheiten, an denen ich hänge.»

«Aber ich gehöre da nicht hin, Susan.»

«Natürlich nicht. Und du wirst deine Arbeit auch nicht aufgeben, wir beide nicht. Kurz: Ich ziehe nicht nach Boston und du nicht nach Smithfield.»

«Vielleicht doch letzteres. Könnten wir uns nicht irgendwie bei dir einrichten? Ich meine, ohne daß ich meine Arbeit und meine wichtigsten Lebensgewohnheiten aufgeben muß?»

«Vielleicht. Aber wir müssen gründlich darüber nachdenken. Das braucht Zeit.»

«Also lautet deine Antwort, du möchtest mit dir zu Rate gehen.»

«Darauf läuft es wohl raus.»

Ich zog sie an mich.

«Andererseits», sagte sie, «werde ich dich nie aufgeben.»

«Worauf du Gift nehmen kannst. Komm, wir gehen essen, und dann feiern wir unsere ewige Freundschaft auf angemessene Weise.»

Als wir im Auto saßen, meinte Susan: «Vielleicht könnten wir das Feiern vor dem Essen absolvieren?»

«Ich habe noch eine bessere Idee», sagte ich. «Vorher und hinterher.»

«Jeder ist so jung, wie er sich fühlt», sagte Susan.

29. KAPITEL

Abends um halb sieben klingelten wir bei den Shepards. Ich hatte eine Flasche ungarischen Rotwein in einer braunen Tüte unter dem Arm. Hawk öffnete die Haustür. Er hielt einen Colt .357er Magnum auf mich gerichtet.

«Tretet ein», sagte er.

Wir folgten seiner Aufforderung. Im Wohnzimmer waren King Powers und Powell, der Kerl, den ich in den Swimmingpool geworfen hatte, außerdem Macey und die Shepards. Letztere saßen nebeneinander auf dem Sofa. Daneben stand Powell mit der Pistole in der Hand. Macey stand am Kamin, eine schmale Aktenmappe unter dem Arm. Powers hatte sich in einen Sessel geworfen. Shepards Gesicht war schweißglänzend und aschfahl. Die Übelkeit stand ihm bis zum Hals. Von Profis zusammengeschlagen zu werden gibt einem das Gefühl, als bestünde man nur noch aus einer schwammigen Masse. Shepard schien Mühe zu haben, seinen Körper zusammenzuhalten. Seine Frau starrte ausdruckslos ins Nichts. Sie hatte sich völlig in sich zurückgezogen.

«Wo sind die Kinder?» fragte ich.

Hawk lächelte. «Nicht da. Harv und die Missis wollten wohl 'nen stillen, lieblichen Abend mit euch haben. Die Kinder sind über Nacht bei Nachbarn. Macht die Sache gemütlicher, schätze ich, so ganz unter uns Großen.»

«Halten Sie die Klappe, Hawk», sagte Powers. «Sie würden wohl noch auf Ihrem eigenen Begräbnis den Clown spielen.»

Hawk zwinkerte mir zu. «Mann, Mr. Powers ist heute abend vielleicht geladen. Ich glaub sogar, ich weiß, auf wen er so sauer ist.»

«Dachte mir, daß wir uns noch sehen würden, King», sagte ich.

«Da hast du, verdammt noch mal, richtig gedacht, du Schwein von einem Klugscheißer. Und ich hab was für dich, du Dreckskerl. Dachtest wohl, du könntest mich so auf den Arsch legen und einfach abmarschieren. Da kennst du King Powers aber schlecht, kann ich dir sagen.»

Macey machte sich bemerkbar. «King, das gibt doch nur noch mehr Ärger, den wir nicht brauchen können. Warum wickeln wir nicht einfach unser Geschäft ab?»

«Nix, erst puste ich dem Schwein hier die Därme aus

dem Bauch.» Powers stand auf. Er war ein dickbäuchiger Bursche, der den Eindruck machte, als sei er früher einmal dünn gewesen. Unter der Last zeigten die Füße jetzt nach außen wie bei einer Ente. «Hawk, nehmen Sie ihm die Kanone weg.»

«An die Wand, Freund. Du kennst ja die Prozedur.»

Ich drehte mich um und lehnte mich an die Wand. Hawk nahm mir die Waffe aus dem Hüfthalfter. Er brauchte mich überhaupt nicht abzutasten, er witterte wohl, wo sie steckte. Ich trat von der Wand weg. «Warum watscheln Sie eigentlich wie eine Ente, King?» Powers' rotes Gesicht wurde noch eine Schattierung röter. Er trat dicht an mich heran und schlug mir mit der Faust ins Gesicht. Ich federte von der Hüfte zurück und hielt mich damit auf den Beinen.

«Ente», sagte ich. «Quak, quak, quak.» Powers schlug abermals zu. Meine Lippe platzte. In einer Stunde würde sie ziemlich dick sein. Sofern es mich dann noch gab.

Susan sagte: «Hawk.»

Er sah sie kurz an, schüttelte den Kopf. «Setzen Sie sich aufs Sofa.»

«Legen Sie uns um?» fragte Shepard. Seine Stimme klang schon wie aus dem Grab.

«Dieses Dreckschwein hier leg ich um, da kannst du Gift drauf nehmen», sagte Powers. «Und vielleicht macht mir das so viel Spaß, daß ich euch gleich alle mit Blei vollpumpe, die ganze Bande. Wie gefällt dir das, du Drecksack von einem Betrüger?»

«Sie hat nichts damit zu tun, Powers», sagte Shepard und deutete auf Pam. «Lassen Sie meine Frau gehen. Wir haben vier Kinder. Sie hat Ihnen nie was getan.»

Powers lachte. Seine Oberlippe zog sich von den Zähnen zurück. «Aber du Drecksau hast mir was getan, und wie sogar. Hast mich um eine Menge Geld gebracht. Das werden wir jetzt zurechtbiegen, da kannst du Gift drauf nehmen.»

«Ich mach's wieder gut, mit Zinsen», sagte Shepard. «Lassen Sie meine Frau gehen.»

«Werden darüber noch ein Wörtchen zu reden haben, Betrüger. Aber jetzt werd ich erst mal mit diesem Bastard hier abrechnen.» Er drehte sich zu mir um und setzte zu einem neuen Schlag an. Ich ging in den Infight und traf ihn hart kurz oberhalb der Nieren. Sein Körper war weich wie ein Kissen. Er grunzte vor Schmerzen und ging in die Knie.

Macey zauberte seine kleine Automatic hervor, und Powell schwenkte den Lauf seiner Pistole von den Shepards auf mich.

«Feierabend», sagte Hawk. In seiner Stimme lag keine Spur mehr von Spott.

Powers saß auf dem Boden, den Körper zur Seite verdreht in dem Bemühen, den Schmerz zu lindern. «Bring ihn um, Hawk», keuchte er. «Leg das Schwein um!»

Susan sagte: «Hawk.»

Ich hielt den Blick auf Hawk gerichtet. Macey hatte nicht den Mumm, das war mir klar. Er würde kaltblütig töten, um seine Haut zu retten, wenn er nicht mehr anders wegkam. Aber jemanden einfach umzulegen hatte nicht zu seiner Hochschulausbildung gehört. Powell würde tun, was man ihm sagte, aber bis dahin hatte ihm niemand was gesagt. Hier zählte nur Hawk. Er stand bewegungslos wie ein Baum. Aus den Augenwinkeln sah ich, wie Shepard seiner Frau die Hand auf den Rücken legte.

«Hawk», sagte Susan noch einmal.

Powers, immer noch auf dem Boden, die Knie hochgestellt, so daß man die weißen Socken über seinen braunen Schuhen sah, kreischte fast. «Hawk, du Bastard, tu gefälligst, was man dir sagt! Leg ihn um, blas ihn weg, kill ihn! Jetzt, auf der Stelle!»

Hawk schüttelte leicht den Kopf. «Nein.»

Powers war jetzt auf den Knien, kämpfte sich auf die Beine. Aber er war so fertig, daß er immer wieder zusammensackte. «Nein? Was heißt hier nein? Du verdammtes Niggerschwein. Wer bezahlt dich denn, du schwarzer Dreckskerl? Du tust, was man dir sagt, und zwar sofort ...»

In Hawks Gesicht breitete sich Grinsen aus. «Nee, glaub eigentlich kaum, daß ich tun werde, was man mir sagt. Schätze, ich überlaß das hier Ihnen, Boss.»

«Ich werd's tun, Mr. Powers», sagte Powell.

Hawk schüttelte den Kopf. «Nein, du tust gar nichts, Powell. Außer deine Kanone weglegen und einen hübschen Spaziergang machen. Die Partie hier geht zwischen King und Spenser. Einer gegen einen.»

«Hawk, Sie müssen den Verstand verloren haben», sagte Macey.

«Hawk, was, zum Teufel, ist in dich gefahren?» kam es von Powers.

«Geht Luft schnappen, Macey», sagte Hawk. «Wird euch guttun. Sie und Powell. Ihr beide legt jetzt eure Schießeisen dort auf den Tisch, und dann haut ihr ab.»

«Hawk, verdammt noch mal, was ...» sagte Powell.

Hawk unterbrach ihn. «Los, sofort. Oder ich leg dich um.»

Macey und Powell legten ihre Waffen auf den Tisch und gingen zur Tür.

«Verdammt, was geht hier vor?» sagte Powers. Fahle Blässe hatte sich jetzt über den roten Grundton seines Gesichts gezogen. «Ihr habt von diesem verdammten Nigger keine Befehle anzunehmen, die kriegt ihr von mir.»

«Aufhetzung zum Rassenhaß», sagte Hawk und blinzelte mir zu.

«Häßliche Sache», sagte ich. «Übles Gerede.»

Powers sagte: «Macey, ruf die Bullen, wenn du draußen bist. Hörst du, ruf die Bullen! Die wollen mich umbringen. Dieser übergeschnappte Nigger will mich umbringen!»

Macey und Powell gingen raus und schlossen die Tür hinter sich. «Macey, Macey, verdammt noch mal, Macey!» kreischte Powers.

Hawk sagte: «Sie sind weg, King. Wird jetzt Zeit, daß Sie Spenser fertigmachen, wie Sie versprochen haben.»

«Ich hab doch keine Kanone. Du weißt das, Hawk. Ich trage nie eine. Gib mir die von Macey!»

«Nix Kanone, King. Schlagen Sie ihn doch einfach zusammen, Sie haben ja vorhin so schön damit angefangen.» Hawk steckte seine .357er unter die Jacke und lehnte sich mit gekreuzten Armen an den Türpfosten. Sein glänzendes Mahagonigesicht zeigte keine Regung. Powers, jetzt auf den Füßen, trat schnell zwei Schritte zurück.

Er verlegte sich aufs Betteln. «He, warten Sie, Hawk. Sie wissen doch, ich kann mit Spenser nicht fertig werden, ich allein gegen ihn. Das würden vielleicht nicht mal Sie schaffen. Das ist nicht fair, einfach nicht fair!»

Hawks Gesicht blieb ausdruckslos. Harvey Shepard stand von der Couch auf, mühsam, aber er schaffte es. Er holte zu einem amateurhaften rechten Schwinger aus. Der Schlag traf an der rechten Kopfseite und brachte Powers ins Wanken. Harvey ließ nicht locker. Er traf ihn mit einer Linken im Gesicht. Powers ging zu Boden. Er kroch auf den Tisch mit den beiden Pistolen zu. Shepard versuchte, ihn in den Unterleib zu treten. Ich stellte mich zwischen Powers und die Waffen, und er biß mich in die rechte Ferse.

«Verdammt!» sagte ich, langte nach unten und zerrte ihn auf die Füße. Er krallte mit beiden Händen nach meinem Gesicht. Ich drehte ihn von mir weg und knallte ihn hart gegen die Wand. So blieb er einen Moment regungslos stehen, Gesicht gegen die Tapete, dann drehte er sich langsam um. Mit den Schultern gegen die Wand gestützt, hielt er sich mühsam aufrecht. Shepard ging wieder auf ihn los. Ich streckte die Hand nach ihm aus. «Genug.» Er beachtete mich nicht, und ich mußte ihn an der Schulter packen, um ihn von Powers abzuhalten. Es war keine leichte Arbeit.

Von der Couch sagte Pam: «Harvey, laß sein.» Shepard gab plötzlich nach, drehte sich um. Er ging zur Couch, setzte sich neben seine Frau, legte ihr unbeholfen den Arm um die Schultern. Sie ließ es geschehen.

Susan stand auf und ging zur Tür. Sie legte Hawk die Hände auf die Schultern, stellte sich auf die Zehenspitzen und küßte ihn auf den Mund.

«Warum haben Sie's nicht getan, Hawk?» fragte sie. «Ich wußte, daß Sie es nicht tun würden, aber ich weiß den Grund dafür nicht.»

Hawk zuckte die Schultern. «Wissen Sie, ich und Ihr alter Mann da, wir haben 'ne Menge gemeinsam. Das hab ich Ihnen ja schon mal gesagt. Und so viele sind von uns nicht mehr übrig, Jungs wie der alte Spenser und ich. Ohne ihn wären wir noch einer weniger gewesen. Er hätte mir eben gefehlt. Und außerdem war ich ihm was schuldig, wegen heute morgen.»

«Sie hätten es auch nicht getan, wenn er Sie heute früh nicht vor der Polizei gewarnt hätte», sagte Susan.

«Seien Sie sich da nicht so sicher, Baby. Ich hab's oft getan. Sehr oft.» Hawk sah mich an. «Jedenfalls, alter Junge, wir sind quitt. Außerdem ...», er sah wieder zu Susan herüber und grinste, «außerdem hab ich Leute nie leiden können, die sich in Gegenwart von Damen so schlecht benehmen.» Er schüttelte den Kopf. «So 'n schmutziges Mundwerk, Mann.»

Er legte meinen Revolver auf den Tisch, sammelte die Waffen von Powell und Macey ein und ging zur Tür. «Also dann, bis bald.» Damit war er verschwunden.

Ich wandte mich an Powers. «Schätze, wir kriegen Sie jetzt wegen Körperverletzung mit Tötungsabsicht dran. Das wird Ihnen nicht gerade helfen, bei dem Ärger, den Sie in Boston sowieso mit der Polizei haben.»

«Leck mich am Arsch!» Powers ließ die Knie einknicken und rutschte die Wand herunter auf den Boden. Dort saß er und rührte sich nicht mehr.

«Hawk hat recht, King», sagte ich. «Mit Ihrer Gossensprache werden Sie nie einen Blumentopf gewinnen.»

Überarbeitete Ausgabe der 1977 unter dem Titel
«Leichte Beute für Profis» im Ullstein
Verlag erschienenen deutschen Erstausgabe
Die Originalausgabe erschien unter
dem Titel «Promised Land» 1976
bei Dell Publishing, New York
Redaktion Wolfram Hämmerling
Umschlaggestaltung Notburga Stelzer
(Foto: PICTOR International)
Satz Bembo PostScript Linotype Library (PageOne)

Klugmann / Mathews

«Da werden endlich wieder Geschichten erzählt, die so intelligent und spannend sind, die zum Zittern und Lachen bringen. Allererste Empfehlung: die subtil anarchistischen Polizeikomödien der beiden Hamburger Norbert Klugmann & Peter Mathews.»
Lui

Beule & Co
Beule oder Wie man einen Tresor knackt. Ein Kommissar für alle Fälle. Flieg, Adler Kühn
(thriller 43101)
Die Helden des Autorenduos scheinen auf den ersten Blick wenig perfekt. Sie haben Probleme mit Frauen, mit sich selbst und mit ihrer Kondition. Eigentlich sind sie ganz selten richtige Helden ...

Die Schädiger. Tote Hilfe
Zwei Krimikomödien
(thriller 43275)
«Witzig und spannend» (*Süddeutsche Zeitung*) ist der häufigste Kommentar zu diesen etwas anderen Krimis. Zwei Geschichten um den ewigen Loser Rochus Rose und die Jungs von der alternativen Tankstelle.

Vorübergehend verstorben
Roman
320 Seiten. Gebunden
Wunderlich Verlag und als rororo thriller 43306
Die Männer sind alle Verbrecher, ihr Herz ist ein finsteres Loch... Die Anwältin Luise Rubato fährt lieber in die Grube, als der Moral der Männer zu erliegen.

rororo thriller

Norbert Klugmann
Treibschlag *Ein Fall für den Sportreporter*
(thriller 43238)

Zielschuß *Ein Fall für den Sportreporter*
(thriller 43241)

Doppelfehler *Ein Fall für den Sportreporter*
(thriller 43228)

Schweinebande
(thriller 43175)

Tour der Leiden *Best of Foul Play*
(rororo 43324)

«**Norbert Klugmann** legt ein wahnsinniges Tempo vor und ihm fließen mitunter Dialoge aus der Feder, gegen die hochgerühmte amerikanische Kollegen die reinsten Langweiler sind.» *Süddeutscher Rundfunk*

Ein Gesamtverzeichnis der Reihe *rororo thriller* finden Sie in der *Rowohlt Revue*. Vierteljährlich neu. Kostenlos in Ihrer Buchhandlung.

3013/7

Janwillem van de Wetering

«Seine Helden sind eigensinnig wie Maigret, verrückt wie die Marx Brothers und grenzenlos melancholisch: Der holländische Krimiautor **Janwillem van de Wetering**, der mitten in den einsamen Wäldern des US-Bundesstaats Maine lebt, schreibt mörderische Romane als philosophische Traktate.»
Die Zeit

Eine Auswahl der thriller von Janwillem van de Wetering:

Ketchup, Karate und die Folgen
(thriller 2601)
«... ein hochkarätiger Cocktail aus Spannung und Witz, aus einfühlsamen Charakterstudien und dreisten Persiflagen.»
Norddeutscher Rundfunk

Massaker in Maine
(thriller 2503)

Der Schmetterlingsjäger
(thriller 2646)

So etwas passiert doch nicht!
Stories
(thriller 2915)

Ticket nach Tokio
(thriller 2483)
«Dieses Taschenbuch macht süchtig: nach weiteren Krimis von Janwillem van de Wetering und nach Japan.»
Südwestfunk

Sonne, Sand und coole Killer
Erzählungen aus dem Reisetagebuch eines Schriftstellers
(thriller 3129)

rororo thriller

Janwillem van de Wetering (Hg.):
Drachen und tote Gesichter
Japanische Kriminalstories 1
(thriller 3036)

Totenkopf und Kimono
Japanische Kriminalstories 2
(thriller 3062)

Blut in der Morgenröte
Japanische Kriminalstories 3
(thriller 3075)

Janwillem van de Wetering u. a.
Eine Leiche zum Geburtstag
Stories für blutrünstige Leser
(thriller 43273)

rororo thriller werden herausgegeben von Bernd Jost. Ein Gesamtverzeichnis der Reihe und aller lieferbaren Titel von *Janwillem van de Wetering* finden Sie in der *Rowohlt Revue*. Vierteljährlich neu. Kostenlos in Ihrer Buchhandlung.

3021/4